Londres 78

Du même auteur

Le cancer publicitaire
Car rien n'a d'importance, 1993

D'autre chose que d'amour
La Bartavelle, 1994

Triste en attendant Y
La Main Courante, 1994

Le Poulpe/Zombi la mouche
Baleine, 1997

Au milieu des méduses
Transfixion, 2016

GRÉGOIRE FORBIN

Londres 78

Nouvelles

TRANSFIXION

© 2021 Forbin, Grégoire
Édition : BoD – Books on Demand,
12/14 rond-point des Champs-Élysées, 75008 Paris
Impression : BoD - Books on Demand, Norderstedt, Allemagne

Illustration : Nathalie Le Faou

ISBN : 9782322219438
Dépôt légal : mai 2021

*L'adolescence est le seul temps
où l'on ait appris quelque chose.*

Marcel Proust

A teenage dream's so hard to beat.

John O'Neill
(The Undertones)

Pirate love

Ben

Londres en avril 1978, c'est un peu comme un parc Disneyland pour les punks. Les badges pullulent aux revers des vestes étriquées. Les cheveux se dressent sur les têtes, laqués à la bière. Les vêtements se portent déchirés et les épingles à nourrice plantées dans les joues. Tout le monde semble sortir d'un défilé de Vivian Westwood. Mais on sent bien que l'explosion a fait long feu. L'enthousiasme, l'arrogance et l'énergie initiale ont fait place au nihilisme, à la pose et au business. Les Sex Pistols ont splitté après leur tournée catastrophe aux États-Unis, et les Damned ont donné leur dernier concert le 8 avril au Roxy. À peine formée, la déferlante punk a tout ravagé sur son passage, puis s'est autodétruite et délégitimée. Mais on s'en fiche un peu.

On est arrivés hier après-midi à Douvres (eh oui, j'ai fini par gerber en vue du port et à deux minutes du débarquement, fuck !), puis on a pris le train jusqu'à Waterloo Station. Et ce soir, on est au Speakeasy, pour assister au concert d'un groupe improbable : une moitié de Sex Pistols, un quart de Heartbreakers et un quart d'inconnu. Autrement dit : Steve Jones à la guitare, Paul Cook à la batterie, Johnny

Thunders en leader charismatique et déjanté, et Henry Paul, un obscur froggy à la basse. Depuis son arrivée à Londres, les musiciens se disputent l'honneur de jouer avec Thunders, légende vivante du rock new-yorkais, ancien New York Dolls et ex-Heartbeakers. Il a été par exemple accompagné par la rythmique d'Eddy and the Hot Rods, puis par les Only Ones. Ici même, au Speakeasy. Je le sais, je l'ai lu dans Best. Je lis tout dans Best et je sais tout grâce à Best. Ça me fait marrer, car Nico et Momo se fichaient toujours de moi avec mon Best et les articles intellos d'Hervé Picard sur le rock progressif : Genesis, King Crimson, Hawkind, l'école de Canterbury et tout ça. Mais aujourd'hui, grâce à Bruno Blum, correspondant permanent à Londres, et sa rubrique « In the City », et Patrick Eudeline qui collabore aussi au journal, Best a enterré Rock & Folk (cet abruti de Philippe Manœuvre n'a rien compris aux punks, il est resté scotché à Aerosmith et s'est permis de descendre en flammes le dernier Ramones).

Depuis que Thunders a immigré à Londres, on dit que l'ambiance a changé. Il a ramené avec lui une passagère indésirable. Comme Steve Jones de retour de Rio, comme Thoper Headon, le nouveau batteur de Clash, comme Sid Vicious (il est question qu'il enregistre une version de *My Way*, sans déconner !), comme tant d'autres punks, il a l'héroïne comme petite copine. No future. Ça prend tout son sens. Alors que le punk oscillait entre bière et speed, ces cons-là, après avoir tant critiqué les babas, sont en train de faire exactement la même chose : à chaque shoot, à chaque sniff, ils jouent à la roulette russe avec la mort et flinguent ce qui leur reste d'énergie — l'âme du mouvement punk.

C'est pour ça que Laurence est fascinée. Dire qu'on n'a rien vu ni rien compris pendant des mois, des années, même ! Avec Jissé, on a commencé à l'attendre à la sortie du collège, à la suivre, à rêver d'elle et à lui écrire des poèmes, bref à fantasmer comme des malades sur elle, en troisième. Et on ne lui a parlé qu'en fin de seconde. Depuis, on ne se quitte plus, et c'est un peu comme un rêve qui se réalise à chaque fois qu'on la retrouve. Mais pendant tout ce temps passé avec elle, jamais on n'a pensé qu'elle se shootait. Best ne peut pas tout. Il y a des choses dans la vie qui, tant que l'on ne les a pas expérimentées, restent inimaginables.

Évidemment, maintenant qu'on sait, ça semble évident. Son mystère. Son charme lysergique et vénéneux. La noirceur de ses cheveux et de ses yeux. Sa peau tellement pâle, presque bleue. Sa démarche comme si elle flottait au-dessus de la chaussée, ses jambes fines, ses attaches fragiles. Ses silences. Sa façon de parler, souvent énigmatique, entrecoupée de rires graves. Ses dents blanches, ses lèvres pulpeuses... Je sais, je mélange tout. Tout ce que j'ai essayé d'écrire sur elle et sur ce qu'elle m'inspire est parti à la poubelle. Pareil pour Jissé. Pendant un moment, on allait au café tous les jours après les cours, *son* café, où elle recevait tour à tour les admirateurs et les prétendants qui se pressaient à sa table telle une courtisane du XVIIIe siècle, et on s'asseyait en face d'elle. On sortait nos cahiers et on commençait à griffonner, à parler fort et à dire n'importe quoi. L'idée était qu'elle comprenne bien qu'on était en train d'écrire un livre (peut-être même un livre sur elle), qu'on était super intéressants à défaut d'être super tout court, et qu'elle ferait bien de nous adresser la parole parce que nous, on était incapables de le faire. Bizarrement, ça a fini par marcher.

Le Speakeasy est un petit club en sous-sol, au coin de Margaret Street, près d'Oxford Circus. Ce n'était pas une boîte punk à l'origine. Tout l'opposé même, vu que le patron était le manager de Yes et que des groupes comme Pink Floyd et King Crimson y ont essuyé les plâtres. Mais la mode est passée par là. La salle est longue, étroite et bondée, et il faut être patient pour parvenir à la scène. Les murs sont peints en noir, l'éclairage est famélique. Le seul coin un peu sympa est le bar central et les banquettes en enfilade qui sont disposées devant. Chaque table est coiffée par une suspension qui crée une ambiance tripot pendant la prohibition, Speakeasy oblige.

Avant le set, on s'y installe pour boire un coup. Laurence s'assoit en face de moi, avec Jissé à côté d'elle. Momo a déjà l'air bourré et fait les cent pas devant nous, une bière à la main. Nico mate partout autour de lui. Laurence regarde Jissé, puis me regarde. Depuis qu'on est arrivés, je sens l'embrouille venir. Combien de temps peut tenir notre trio ?

On a découvert que Laurence se shootait au Palace, il y a un mois à peine. « Le Palace n'est pas une boîte comme les autres : il rassemble dans un lieu original des plaisirs ordinairement dispersés : celui du théâtre comme édifice amoureusement préservé, jouissance de la vue ; l'excitation du Moderne, l'exploration de sensations visuelles neuves, dues à des techniques nouvelles ; la joie de la danse, le charme des rencontres possibles. Tout cela réuni fait quelque chose de très ancien, qu'on appelle la Fête, et qui est bien différent de la Distraction : tout un dispositif de sensations destiné à rendre les gens heureux, le temps d'une nuit. Le nouveau, c'est cette impression de synthèse, de totalité, de complexité : je suis dans un lieu qui se suffit à lui-même. » C'est pas moi qui le dis, c'est Roland Barthes. Ce qu'il oublie de préciser, c'est que tout le monde est défoncé. Il suffit de lire les articles d'Alain Pacadis, journaliste à Libération et junkie notoire, pour s'en convaincre.

Laurence, on l'a retrouvée dans les chiottes en train de se piquer. Elle avait disparu et on s'inquiétait, car on avait déjà pas mal picolé et fumé. Et puis, on était là pour elle ; pour la désirer ; pour la voir bouger, danser et sourire ; pour sentir son regard noir et lumineux dégoulinant de khôl se poser sur nous, ses chevaliers servants, à défaut d'autre chose. Il y avait une foule énorme, ce soir-là, et on a eu un mal fou à parvenir aux toilettes. Le long couloir rouge desservant l'antre bondé et surchauffé n'en finissait pas. Des lasers et des stroboscopes fendaient l'obscurité, des créatures au sexe indéterminé s'agitaient autour de nous, les confettis pleuvaient, la sono hurlait — *Ring my bell, Do you think I'm sexy, You make me f*eel.

Dans l'escalier qui conduisait à l'entresol, c'était la cohue. Ça sentait le popers à plein nez et l'odeur d'ammoniaque nous tétanisait. Les corps luisaient et se télescopaient, les paillettes brillaient, les regards chaviraient et le vieux théâtre lifté tanguait et vibrait à l'unisson. Un flot incessant montait et descendait sous l'éclairage cru des ampoules halogènes. Arrivés devant les portes des WC, on a poussé celle des dames et commencé à appeler Laurence. Côté lavabo, des filles sacrifiaient au rituel du miroir et quelques actrices célèbres se repoudraient le nez. Quand on a découvert Laurence dans une des chiottes, une aiguille à la main et l'avant-bras pendant le long de ses jambes, elle s'est contentée de dire : « Il fallait bien que vous l'appreniez un jour ». Son sourire était mortel, comme toujours. Tendre et moqueur à la fois, genre on ne me l'a fait pas. Avec un soupçon de morgue et de vulgarité. Un sourire à la Jagger.

Nico me tire par le bras :

— Eh, c'est pas Thunders, là ?

Je me retourne et je regarde derrière nous. Je vois un petit rital en costume noir cintré en train de manger des spaghettis, les yeux dans le vague, perdu dans ses pensées ou beaucoup plus loin dans la galaxie, difficile à dire. Une fille en robe lamée rose bonbon boit à côté de lui, et plein de gens vont et viennent autour de sa table. C'est bien Johnny Thunders, le beautiful looser himself. Nos regards se croisent. Il me sourit. Je me tourne tout excité vers Jissé, mais il est occupé à chuchoter à l'oreille de Laurence. Il a son rire carnassier et elle hoche la tête en tripotant ses cheveux. Bah, Thunders est plus intéressant. Je le regarde à nouveau, en essayant d'être discret (Nico veut prendre des photos, mais je lui déconseille). Je pense à Al Pacino dans Le Parrain. Je pense à son look de pin-up à platform-boots sur la pochette du premier New York Dolls. Je pense à Lou Reed et aux paroles d'*Heroin* :

« When the smack begins to flow

Then I really don't care anymore ».

Je pense à tout ce qu'il a dû s'enfiler dans les veines pour en arriver là. J'ai fumé de l'héro une fois à la pipe, et ça ne m'a rien fait. Mais c'était peut-être du sucre. En tout cas, je n'y toucherai plus. Je me contente du pétard pour planer. Même si Laurence déteste ça. Elle dit que les babas se passent le joint, mais qu'il n'y a rien d'autre qui passe entre eux. Qu'ils sont juste bons à remuer la tête après. Elle a horreur des « bougeurs de tête ». Moi aussi. Mais ce n'est pas une raison suffisante pour se piquer, à mon avis.

Je me demande si la blonde en robe lamée à côté de lui n'est pas Sable Starr, groupie number one de Thunders devenue sa girl friend attitrée. Il paraît qu'elle était prête à tout pour coucher avec lui, allant jusqu'à se teindre le pubis en vert et à jouer la morte dans une piscine pour qu'il s'intéresse à elle. On raconte qu'ils voulaient se marier, qu'elle est tombée enceinte, mais qu'elle a avorté, ayant trop peur de la jalousie de Thunders, ainsi que de ses diverses addictions. Quoi qu'il en soit, c'est elle aussi une légende. Dans les années 70 à Los Angeles, elle a « fréquenté » Robert Plant, Mick Jagger, Rod Stewart, Alice Cooper, David Bowie et Marc Bolan. On lui prête également des aventures avec Iggy Pop et Richard Hell, le premier bassiste des Heartbreakers, qui a fondé après son propre groupe, Richard Hell and the Voidoids. Sable Staar, la vache !

Thunders a repoussé son assiette. Attablés avec lui, deux Anglais bourrés et chauves sont passés au stade du hooliganisme braillard. Thunders, plus posé, sirote tranquillement son whisky. Systématiquement, il enlève les filtres de ses clopes avant de les fumer. Son vrai nom, c'est John Anthony Genzale Jr., né en juillet 1952. Même s'il n'a jamais rencontré le grand succès, il a eu une influence énorme sur le rock des cinq dernières années, d'abord avec les Dolls puis avec les « Briseurs de cœur ». Le punk n'aurait peut-être pas vu le jour sans lui. D'ailleurs, ce n'est pas un hasard si les Heartbreakers faisaient partie de la légendaire tournée Anarchy In The UK en 76 avec The Clash, Sex Pistols et les Damned. Leur dépendance à l'héroïne avérée et assumée a certainement fait beaucoup dans leur chute vertigineuse, alors que c'était probablement les meilleurs musiciens du lot, avec les Clash. Leur musique teintée de rockabilly des fifties, de blues et de british rock façon Rolling Stones et Yardbirds, leur a valu une réputation de bêtes de scène. Sans compter le jeu de guitare démonté à la Chuck Berry de Johnny Thunders !

Le concert va bientôt commencer. Thunders a disparu par les cuisines, entouré d'une nuée de sangsues, groupies, attachés de presse, producteurs, dealers ou que sais-je. Mais le groupe n'est pas avec lui, c'est lui la star. La sono balance reggae sur reggae en attendant. *Ku Klux Clan* de Steel Pulse et *Where is Jah* de Reggae Regular sont les gros tubes du moment. On ira les voir demain à la Roundhouse. En première partie, il y a un petit groupe de blancs dont on dit le plus grand bien, Police, qui joue aussi du reggae.

Tout le monde se dirige vers la scène, une pinte à la main. Je demande à Laurence si elle a remarqué qu'il y avait Thunders derrière nous.

— Ben oui, idiot, c'est à moi qu'il souriait. C'est pour ça qu'on se marrait avec Jissé, on imaginait un plan drague avec lui...

C'est toujours comme ça avec elle. On pense qu'on va pouvoir faire le malin et l'épater d'une façon ou d'une autre, mais elle a tout le temps un train d'avance.

— Lui aussi, tu l'as percé ? je demande.

— Bien sûr, en deux minutes.

C'est une autre de ses manies. Elle prétend pouvoir lire dans les gens comme dans un livre ouvert. Et le pire, c'est qu'elle a raison. En tout cas, moi, j'ai l'impression qu'elle m'a percé dès le premier instant.

— Je peux te dire qu'il est déjà chargé, et qu'il est parti refaire les niveaux avant le concert.

Hum, pour le coup, ça moi aussi j'aurais pu le deviner.

Dans la salle, il y a des coupes hérisson, des perfectos et des tee-shirts déchirés partout. Les filles sont en minikilts rouges et rangers. Tout le monde a sorti la panoplie. Je m'installe près de la scène avec Momo pour ne pas en rater une miette, tandis que Nico, Jissé et Laurence se placent sur le côté un peu en hauteur. Ça sera mieux pour les photos.

Le show démarre à cent à l'heure et la première partie est un régal. Thunders s'est changé et affiche un look improbable, un foulard noué autour de la tête avec un chapeau posé dessus, les bras nus couverts de tatouages et de longues mitaines noires. On dirait un mélange de Dylan, de vieil Indien et de mafioso. Steve Jones à la guitare porte un tee-shirt tout troué, une espèce de truc affreux qu'on croirait fait au crochet par sa grand-mère. Il a un drapeau anglais en guise de couvre-chef. Ils attaquent pied au plancher par *Pipeline*, un instrumental d'un groupe de surf rock des années soixante, The Chantays. Thunders saute d'un côté à l'autre de la scène, donnant des coups de pieds et des coups de tête rageurs en direction du public. Il arbore sa fameuse Gibson Les Paul Junior jaune des 50's. Selon la légende, Dee Dee Ramone (des Ramones) aurait reproché à Johnny de lui avoir piqué la chanson *Chinese Rocks*. Il aurait débarqué en plein mauvais délire et sûrement chargé à bloc chez Thunders, pour lui faire la peau. Fou de rage de constater son absence, il s'en serait pris à la Gibson Junior, la brisant en deux en décrétant avoir détruit le « grand son » de Johnny. Selon une autre version, Thunders l'aurait cassée lui-même en essayant un soir de tuer quelqu'un avec. Quoi qu'il en soit, il a pu récupérer les deux parties de son instrument fétiche et les amener (au bord des larmes) chez son luthier pour les faire réparer. Ouf !

Viennent ensuite *Daddy Rollin Stone* (d'Otis Blackwell), toujours dans un esprit rock des origines, puis *Let go, I wanna be loved, All by myself, Do you love me, Pirate love*. Tout le répertoire des Heartbreakers y passe. Thunders s'adresse au public, pince-sans-rire et voix traînante : « Hey, vous êtes les numéros un pour le pogo ici au Speakeasy ! Nan, mais c'est pas possible ! » Les spectateurs sont surexcités. Steve Jones se prend une cigarette allumée dans la figure. Quelques canettes volent, suivies de crachats. Les embûches habituelles et sans gravité d'un concert keupon. L'ex-Pistol fulmine pour la forme et balance un gros molard dans le public en retour. Thunders ne remarque rien et continue à martyriser sa Gibson. Entre chaque titre, il se dispute une bouteille de bourbon avec Steve…

Mais Thunders n'aime pas les recettes établies. Il trouve le moyen d'envoyer après ça une longue chanson droguée de huit minutes pour casser l'ambiance. *It's not enough*. C'est un super morceau, une balade prenante et lancinante comme seuls savent en écrire les junkies. Assez lent, le tempo monte progressivement, avec de longues attaques de guitare qui très vite se transforment en mur de son. Impressionnant, mais pas du tout dans l'esprit de la chanson. En plus, les guitares sont sous-accordées et la rythmique des plus bancales. Thunders gémit : « It's not enough, it's not enough », encore et encore, totalement à la traîne. Ça ne manque pas et au bout d'un moment, esseulé sur la droite de la scène, il s'arrête subitement de jouer, regard furieux vers Jones, qu'il accuse d'être désaccordé d'une voix empâtée. L'ex-Pistol grommelle quelque chose, tourne machinalement deux trois clés, puis repart, la distorsion à fond. Le larsen apocalyptique qui s'en suit est totalement inécoutable. Le groupe n'y est plus et le concert leur file entre les pattes. Steve Jones regarde Paul Cook qui regarde le plafond. Jonnny semble soudain trop ivre ou défoncé pour assurer le leadership. Par chance, quand il bégaye sur un solo (il les prend tous), les autres continuent d'assurer comme de vieux requins de studio. Henry Paul notamment, le plus clean, maintient le groupe au-dessus de l'eau quand tout le monde ralentit la cadence. Les balades et les rocks slow tempo s'enchaînent sans rien y changer. *You can't put your arms around a memory*, *Untouchable*, *Ask me no questions*, des morceaux de son futur album, et une reprise sous Tranxène de *The wizard* de Marc Bolan. Thunders, hébété et maussade, le débit lent et hachuré par les effets de la drogue et de l'alcool, titube sur la scène et achève de détraquer le fragile équilibre du combo. C'est comme ça, un concert de Thunders : tout peut partir en sucette à n'importe quel moment.

En vieux briscard, il décide d'arrêter le massacre et sonne l'heure de l'entracte. La fin du show est plus qu'étrange et pas chaleureuse pour un sou. Tout le monde disparaît en coulisse sans un mot, tandis que les fans se regardent et que sifflets et insultes montent dans la salle. Je rejoins les autres sur le côté.

— C'est quoi ce bordel ? Tu crois que c'est fini ? demande Momo.

— Non, ils vont revenir, affirme Nico.

— C'est génial, non ? fait Jissé.

Laurence acquiesce.

Tandis que le public continue de vociférer et que la sono repart puis s'arrête, on se dirige vers le bar au milieu de punkettes désemparées, frustrées de leur dose d'énergie et de nihilisme. Laurence détonne franchement avec ses longs cheveux noirs, son jean serré et sa parka militaire. Et elle est plus belle que jamais. Sa peau semble transparente. Ses mains sont blanches. Ses paupières lourdes donnent à son regard une lueur intense et mystérieuse. Peut-être qu'elle a pris quelque chose elle aussi. Encore Lou Reed en tête :

« Cause everybody knows (She's a femme fatale)

The things she does to please (She's a femme fatale)

She's just a little tease (She's a femme fatale)

See the way she walks

Hear the way she talks ».

On commande des pintes de brune stout (de la McEwan écossaise, excellente) qu'on boit debout au bar en silence, en fumant et en matant autour de nous. Je sens le sang quitter mes membres quand je m'aperçois que Laurence et Jissé se tiennent par la main. Jissé surprend mon regard et m'adresse un sourire complice. Je hausse les épaules. J'ai l'habitude qu'il me nargue avec ses conquêtes éclair, qui se terminent aussi vite qu'elles ont commencé. Mais là, c'est différent. Nous sommes deux losers, sauf que lui ne le sait pas. On est faits pour être amoureux, pas pour être aimés. Et Laurence n'a rien d'une fille ordinaire.

La sono s'arrête brusquement et tout le monde se rue vers la scène. Thunders s'est encore changé. Il est torse nu sous une veste noire étriquée, les cheveux en pétard et toute sa morgue retrouvée. Le gig repart avec *Personality Crisis*, un vieux titre des Dolls, dont le riff est un repiquage presque intégral des Stones. Henry Paul se déchaîne à la basse. Réclamé par les spectateurs, *Dead or Alive* déclenche une ovation générale et le réveil définitif de Thunders. Retour aux hymnes punks et reprise des morceaux de bravoure : *London Boys*, *Too much Junkie Business* (un titre signé Walter Lure, mais annoncé comme une compo réalisée avec Bo Didley et Chuck Berry par Thunders !), *Chinese rocks* avec son riff velvetien joué jusqu'à l'obsession, et son jouissif refrain hurlé par toutes les punkettes en minikilts houuu houuuu !

Le concert s'achève en apothéose destroy sur *Born to lose*, étiré en une interminable joute de gui-tares et d'effets larsen. Même Hendrix aurait trouvé ça éprouvant. Steve Jones mouline un rempart de distorsion grasse et poisseuse comme au bon vieux temps des Pistols. Thunders n'est pas un grand chanteur, mais sa voix plaintive, gouailleuse et écorchée émeut totalement. « Born to looooose... Baby, I'm booooorn to loooose », gémit-il sur son morceau emblématique, son hit d'antihéros absolu, superbement interprété avec toute l'énergie du désespoir qu'il convient. Le batteur cogne d'impressionnants roulements répétitifs ponctués de lourdes claques sur ses cymbales. Tout le monde saute et braille en chœur : « BAAAAAABY, I'M BORN TO LOOOOOOSE ! »…

Que faire après un concert pareil ? Crier sa rage et sa révolte, descendre des litres de bière et montrer son cul aux passants ? Rentrer sagement au Bed & Breakfast et s'endormir en chantonnant *Chinese rocks* ? Aller se faire un shoot avec Laurence dans un parc ? Foncer à Piccadilly Circus pour voir si Tower Records est encore ouvert, dans l'espoir de dénicher un pirate de Thunders ?

Au moment où les lumières se rallument, mon cœur manque de s'arrêter en surprenant Jissé et Laurence en train de s'embrasser. Je les regarde, ahuri.

— Tu veux participer ? me demande Jissé avec son sourire cruel et ambigu.

Je le tuerais sur place. Laurence se tourne vers moi, les bras enserrant la taille de Jissé.

— Il fallait bien que ça arrive, hein ?

Elle commence à me faire chier avec ses « il fallait bien ». Momo déboule à point nommé en demandant ce qu'on fait. Il veut aller se finir dans un pub, Nico préférerait une boîte, Jissé et Laurence ne savent pas. Moi, je rentrerais bien me coucher ! Sans avoir tranché, on se retrouve dehors un peu perdus, entourés de punks qui disparaissent dans la nuit en traînant la ranger et en balançant des canettes vides.

On décide finalement de remonter à pied sur Piccadilly Circus, en prenant par Oxford Street et Regent Street, pour aller se goinfrer de hamburgers chez McDonald's, qu'on vient de découvrir. On n'a pas ça en France.

Il ne fait pas chaud et on marche tous d'un bon pas sur Oxford Street. Il y a du vent et nos vestes achetées aux puces de Camden Town le matin même sont trop légères pour la saison. À part les bus et les taxis qui passent, la rue est déserte, mais éclairée comme en plein jour par les enseignes des magasins, et il y en a sur Oxford Street !

— Il s'est fait un shoot à l'entracte, vous croyez ? demande Momo.

— On s'en fout, répond Nico. La deuxième partie était mortelle !

— Faut interroger la spécialiste, dis-je en indiquant Laurence du regard.

Elle ricane, mais pas méchamment.

— Je t'ai dit qu'il était chargé, parce que c'est un junkie et que ça se voit comme le nez au milieu de la figure. Pas besoin de lire Best pour ça ! Après, je n'étais pas en coulisse et je ne sais pas ce qu'il a pris. Mais quand on est accroc à l'héro, c'est sûr qu'on ne marche pas à grand-chose d'autre, à part l'alcool. Ou des amphés parfois. Il en a peut-être gobé une poignée qu'il a fait passer avec de la vodka. Ça te va comme explication de spécialiste ?

— Pourquoi faut-il absolument qu'il ait pris quelque chose ? Vous faites chier à tout ramener à la dope ! râle Nico.

On a suivi le même parcours, lui et moi : première clope à douze ans, premier joint à quatorze, premier acide à seize. Mais lui a fini aux urgences, après être passé à travers la porte vitrée d'un immeuble bourgeois du XVIe arrondissement. Mauvais trip : il s'est pris pour une entité ectoplasmique capable de traverser la matière. Depuis, il fait tout pour éviter cet inquiétant sentiment de dédoublement de la personnalité et il se contente de picoler du whisky (il ne sort jamais sans sa flasque remplie de Jack ou de Bill). On peut dire qu'ils se sont trouvés, avec Momo. Lui, il se prend carrément pour Bukowski, le talent en moins. (En fait, je lis aussi Rock & Folk, pour la rubrique Érudit Rock et les articles de Philippe Garnier. Il écrit chaque mois sur la scène punk américaine, racontant ses pérégrinations de chasseur de vinyles et ses galères de producteur avec les Real Kids et Roky Erikson, sur son label Sponge Records. Il s'intéresse aussi à la littérature et au cinéma, avec de longs papiers sur Dashiell Hammett ou David Goodis. Et en tant que traducteur, c'est lui qui nous a fait découvrir Charles Bukowski, en publiant *Le postier* et surtout *Mémoires d'un vieux dégueulasse* aux Humanoïdes Associés, dans la collection Speed 17, qu'on a dévorés. Philippe Garnier, c'est un peu notre Lester Banks à nous, en moins destroy. « Quand je pense à Lester, a dit Richard Hell, l'ex-acolyte de Thunders, je vois un gros type titubant, puant et bavant, qui rigolait dans sa moustache dégueulasse et me bassinait sans répit dans un coin du CBGB. Il était doux comme un gros nounours pataud, mais toujours bourré et d'une affabilité quasi intolérable. Tout ce qu'il y avait à faire avec lui, c'était de se foutre de sa gueule et l'utiliser ! »)

Arrivés sur Regent Street, les trottoirs s'emplissent de groupes de jeunes remontant vers Piccadilly. On ne saura jamais ce que Thunders s'est enfilé dans les veines ou ailleurs, mais Nico a raison, peu importe. Ce qui me préoccupe pour le moment, c'est que Laurence reste à comploter avec Jissé, loin derrière nous. Je me sens minable, je me sens seul et paranoïaque, je suis le canard boiteux de la bande macérant dans une mare de ressentiment. Les autres s'en moquent : Momo et Nico ont compris depuis longtemps qu'il n'y avait rien à attendre d'une fille comme Laurence — lointaine, impossible, faite pour être admirée sans être payé de retour. Mais pour Jissé et moi, c'est autre chose. La fascination maladive qu'elle exerce sur nous est totalement irrationnelle, indécrottablement romantique, purement fantasmatique (et jusqu'à aujourd'hui, absolument platonique). Comment peut-on perdre la tête à ce point pour un insubstantiel béguin de jeunesse ? C'est pourtant bel et bien le cas depuis qu'on l'a repérée et suivie dans les couloirs du collège, s'asseyant à quelques tables d'elle au réfectoire en lui adressant des regards langoureux qu'elle ne remarquait jamais. Pouvoir simplement lui parler était alors une gageure, devenir ses amis un Graal inaccessible.

Malgré ma souffrance mélancolique et ma confusion idiote, arrivé au McDonald's, j'avale deux énormes cheeseburgers qui me procurent une consolation inespérée. Laurence est assise à côté de moi et je suis une fois de plus suffoqué par sa beauté pâle et sulfureuse. J'observe ses doigts fins aux ongles courts et brillants voleter au-dessus de la table, replacer une mèche de cheveux noirs, picorer une feuille de salade. La lumière crue des néons creuse ses orbites et rend son teint encore plus diaphane, comme une sylphide dans un poème de Gérard de Nerval. Pas question de me mettre à sangloter au-dessus de mes frites. Alors que la salle commence à vaciller, je me lève brusquement en disant que je ne me sens pas bien, puis je me dirige vers la porte sans autre explication.

Laurence me rattrape une fois dehors et m'embrasse légèrement sur la joue. Je regarde son visage plongé dans la pénombre en essayant de me souvenir d'une proximité comparable durant tous ces mois vécus suspendus à son souffle.

— Tu fais la gueule ? demande-t-elle.

Je me sens si fragile que je me contente de secouer la tête pour dire non et fuir l'intensité de son regard, si noir et si profond que je m'y noierais. Où est passé mon esprit punk maintenant que j'en ai besoin ?

— Jissé embrasse comme un mec de trente ans... Mais je suis sûre que toi, c'est différent.

— Qu'est-ce que tu en sais de la façon d'embrasser des mecs de trente ans ?

— Tout ce qu'il faut savoir. J'ai l'habitude de fréquenter des vieux, tu sais. Et même les copains de mon père !

— Je me demande ce que tu fous avec nous...

— C'est simple : vous êtes marrants, vous êtes différents des mecs que je connais et qui tournent tous autour de la came. Ça me suffit.

Je la dévisage, je bois son visage, je bois ses yeux, je bois son rictus tendre et moqueur à la fois. Histoire de dissimuler mon embarras, je change de sujet.

— Je peux te demander pourquoi tu passes ton temps à te limer les ongles ?

Elle sourit et tend ses mains devant elle en agitant ses doigts dans la lumière des néons multicolores.

— Tu as noté ça, toi ? Ça ne m'étonne pas, tu es comme une fille, toujours à te pomponner. Figure-toi que je me mets souvent les doigts dans le cul. Quand je les mettrai dans le tien ce soir, tu comprendras...

L'avantage à Piccadilly Circus, c'est que lorsque tu piques un fard, on ne le remarque pas. Mais fard ou pas, je sais à la lueur de défi qui brille dans ses yeux noirs comme la nuit qu'elle ne plaisante pas.

Je repense aux Dolls de Thunders qui se sont faits massacrés par la presse qui ne voyait en eux que des travestis imitant les Rolling Stones sur le mode glam, alors qu'ils assuraient vraiment en s'inspirant à la fois des groupes féminins de rythm'n'blues des années cinquante-soixante, nourris au blues et au rockabilly, et du rock garage des années soixante, préparant ainsi le terrain au punk. L'histoire du rock nous enseigne que les losers ne sont pas toujours ceux qu'on croit. Je me répète ça plusieurs fois comme une prophétie autoréalisatrice.

Sorrow, tears and blood

Nico

3 mars 1988
À la question posée « qui suis-je ? », j'ai des doutes, des certitudes, des angoisses, de la mélancolie.

J'ai trente ans et je suis un homme blessé comme bien d'autres, mais aujourd'hui c'est surtout à moi que je pense, alors j'ai décidé d'écrire ce journal pour me souvenir de l'aventure que je vais vivre — peut-être aussi pour que mes proches me connaissent vraiment ou que les autres apprennent à me découvrir si jamais il m'arrivait quelque chose.

Je suis dans l'avion qui m'emporte à Lagos. Je laisse derrière moi la femme qui a été l'amour de ma vie et mes illusions perdues de rocker. Un matin, il y a trois semaines, le boss m'a appelé dans son bureau pour me proposer une mission de dix-huit mois au Nigéria.

« Dix-huit mois ! Mais c'est trop long !

— Écoutez monsieur Lyphout, vous n'avez pas vraiment le choix, sur votre contrat il y a une clause stipulant que vous serez amené à effectuer des missions à l'étranger et vous avez signé. Vous devez partir dans quinze jours, il y a urgence. Il y a eu un incendie dans les bureaux et le chef comptable, monsieur Bourgis, a besoin d'aide pour reconstituer la comptabilité. Vous le connaissez déjà, vous vous entendez bien, n'est-ce pas ?

— Oui, mais quitte à partir, je préfèrerais aller sur le chantier de Bali…

— Vous nous prenez pour une agence de voyages ?

— Non, mais j'imagine que vous n'avez pas trouvé d'autre pigeon que moi. Vous savez qu'il y a des rumeurs sur cet incendie, on dit qu'il est criminel.

— Cessez d'être impertinent, voici votre contrat d'expatrié, j'attends une réponse favorable de votre part. N'oubliez pas que vous aurez un très bon salaire et qu'il y va de votre avenir dans le groupe. »

Cette mission tombe bien finalement. J'ai besoin de faire un break, de prendre du recul. Je ne sais pas ce qui m'attend, mais je n'ai plus grand-chose à perdre.

4 mars 1988

Aéroport de Lagos, à la nuit tombée. Je suis dans la file d'attente pour le contrôle des passeports et des carnets de vaccination. Je suis vacciné contre la fièvre jaune, mais vu mon départ express, il me manque deux jours de carence. Quand je présente mes papiers au militaire, il les examine, me regarde d'un air méprisant et me fait comprendre que je n'ai pas respecté le délai de vaccination et que je ne peux pas entrer au Nigéria. Derrière moi, il y a une trentaine d'expatriés qui s'impatientent. J'entends en français : « Laisse-le passer Ducon ! », « Tu vas l'emmerder longtemps, sac à merde ? ». Un officier arrive, avec deux soldats mitraillettes aux poings, inspecte mes papiers quand l'expat' que je précède marmonne : « Mother fucker ». L'officier se retourne et gueule : « Hey ! repeat guy ! What did you say ? » « Nothing at all, just talking about weather », répond-il.

L'officier me tire par la manche pour me faire sortir du rang, et fait signe à ses deux soldats qui m'emmènent dans une pièce lugubre où il nous rejoint ensuite, m'observant de la tête aux pieds. Mon look ne lui plaît pas : cheveux courts, ébouriffés sur le dessus, anneau dans l'oreille, tee-shirt blanc, teddy, treillis et rangers aux pieds. Il ne doit pas en voir beaucoup des comme moi.

« Why did your friend say fuck ?
— I don't know.
— So, he really said fuck !
— Sorry, I don't speak english very well, but this man is not my friend and I don't understand why you arrest me. »

Il me laisse seul avec ses deux hommes. Il y a un climat à la *Midnight Express*, je commence à flipper. Une chose me rassure, il y a des témoins qui peuvent prévenir Christophe, mon nouveau boss, qui a déjà passé les contrôles sans m'attendre.

L'officier réapparait quelques instants plus tard, me signifiant que tout est arrangé, qu'il ne me reste plus qu'à franchir la douane. Je commence à comprendre la mascarade : il a été voir notre intermédiaire nigérian pour récolter un « dash », c'est comme ça que ça marche ici.

Au poste-frontière, un douanier obèse et transpirant me fait ouvrir ma valise, ma trousse de toilette, saisit une boîte neuve de cotons-tiges, l'observe longuement, s'arrêtant sur l'étiquette illustrée d'un bébé. « What is this ? » Je lui fais signe que c'est pour se nettoyer les oreilles. Il ouvre la boîte, en prend un et se cure une oreille en éclatant de rire. « Hi hi hi, it's for the baby ! It's for the baby... You're a baby you know, you're a very small baby. » Il rigole, il me montre du doigt, il se fout de ma gueule.

Dehors il pleut, l'atmosphère est lourde, collante et pesante. Il y a aussi cette odeur particulière, l'odeur de l'Afrique. Un mélange de gasoil, de corps chauffés, de poisson qui sèche, de viande qui se décompose et de manioc frit, de fleurs fraîches et d'algues fermentées. Bref, de tout ce qui plaît et irrite en même temps, attire et repousse, allèche et dégoute. Dans cette chaleur moite et poussiéreuse, ce pays se fraie un passage à mes narines, c'est la vie, la mort, et tout ce qui s'en dégage entre les deux.

Christophe m'attend. Il a vingt-sept ans, fils de bonne famille, un physique de rugbyman. Il a été promu directeur administratif et financier pour la construction des trois usines d'Owerri, dans l'ex-Biafra. Alors que le chauffeur nous emmène à la guest house de Snibat Nigéria, située dans le quartier des ambassades sur Victoria Island, nous sommes stoppés par un barrage de la police militaire. Ils nous font descendre, ouvrir nos bagages sous la pluie. Je suis accroupi, ma valise par terre dans la boue, quand un des policiers me pousse et se penche pour la fouiller en grognant. Je sens le canon de sa mitraillette pointer dans mon cou. Christophe s'approche de lui et sort une enveloppe. Dash sur dash. Humiliation sur humiliation. Bienvenue à Lagos, capitale pourrie du Nigéria.

5 mars 1988

Notre guest house est une villa récente avec des barreaux à chaque fenêtre. Elle est gardée jour et nuit par deux guerriers haoussas (un peuple du Sahel) qui se relayent. Ils sont membres d'une société privée de protection appartenant à un notable proche du pouvoir, qui recrute d'anciens policiers ou militaires ayant participé à la guerre du Biafra. Nous n'avons aucune confiance en eux, la plupart sont défoncés 24 h/24. Au rez-de-chaussée, il y a un grand salon équipé d'une télévision et d'une chaîne hifi, trois chambres inoccupées, une cuisine et les dépendances attenantes. Au premier, quatre chambres, attribuées à Christophe, moi et Denel, le big boss. Tout le mobilier est uniformisé, moderne, en teck naturel. Notre majordome s'appelle Sam et ressemble à vieux sage intègre, imprégné de culture anglo-saxonne, héritage des colons anglais.

En découvrant hier ma chambre impersonnelle, je suis resté prostré un moment. Puis j'ai déballé mes affaires, rangé mes vêtements dans l'armoire, sorti mes cassettes, les photos du groupe, et mon regard s'est arrêté sur un portrait d'Alice. J'ai quitté la France depuis quarante-huit heures et pour la première fois, j'ai commencé à ressentir les angoisses liées à l'éloignement. Assis sur le bord du lit, la tête entre les mains, j'ai plongé dans un songe pour être près d'elle et ne pas l'oublier complètement.

7 mars 1988

J'ai rencontré Alice un soir d'été 1982. Je chantais dans un groupe postpunk qui avait une certaine reconnaissance dans le petit milieu parisien, Fotomatic, et j'avais proposé à mon copain Ben de venir assister à une répétition. Il a sonné à ma porte en début de soirée accompagné d'une fille, et aussitôt, je n'ai vu qu'elle. On s'est installé dans ma chambre, nous avons écouté quelques nouveautés en prenant un verre. Tout en discutant avec Ben, j'observais son amie partie fumer sur le balcon. Elle avait un style classique et portait un chemisier clair un peu ample ne laissant pas apparaître de formes précises, une jupe courte bleu marine dévoilant de longues et très jolies jambes. Plutôt grande, ses cheveux étaient fins, châtains, coupés au carré. J'ai abandonné Ben à ses interrogations sur le dernier Lou Reed, *The blue mask*, et je suis parti la rejoindre. J'ai allumé une cigarette en lui faisant un petit sourire et nous avons parlé de rock. Au fur et à mesure de la discussion, je l'ai trouvée de plus en plus charmante : de son visage se dégageait une timidité d'adolescente, une grande féminité, de la fragilité aussi, et son regard profond me séduisait terriblement. Non seulement elle ne me laissait pas indifférent, mais elle me troublait, comme si elle répondait à toutes mes attentes, à tous mes fantasmes.

On est partis de Boulogne à deux voitures via le périphérique en direction du lieu de répétition, porte d'Aubervilliers. Ben était avec elle et me suivait. Je les observais dans le rétroviseur : ils discutaient, mais de qui, de quoi ? De toutes les façons, je me doutais que Ben n'était pas avec elle, il était toujours entouré de nombreuses filles avec qui il ne sortait jamais.

Nous sommes arrivés à l'entrepôt désaffecté qui était à l'origine un atelier de réparation de téléviseurs d'environ quatre cents mètres carrés, avec un ancien monte-charge en son centre. Le volume était vide et impressionnant, seules quelques vieilles télés traînaient encore dans un coin. Au fond de cet espace se trouvait une grande pièce fermée que nous avions isolée avec de la laine de verre, où nous répétions. J'ai poussé la lourde porte métallique, précédant Ben et Alice. À mesure que nous avancions, l'inaudible devenait audible et puissant, créant une ambiance étrange dans ce décor fantomatique ; Fotomatic avait commencé à jouer. Le groupe était composé de Franck le batteur, de son vieux complice Bruno à la basse, et d'Éric le guitariste, également photographe et vidéaste. Les présentations faites, Ben et Alice se sont installés près de l'entrée, face à nous, et nous ont regardés jouer en silence.

Deux ou trois jours plus tard, j'ai revu Ben et nous avons parlé de la répétition. Il n'aimait pas tous les morceaux, mais il appréciait notre look, notre esprit, le son de la basse et d'une manière générale, il me faisait plaisir parce qu'il comparaît notre musique à celle des groupes anglais que nous aimions, Joy Division, Bauhaus, Magazine et Simple Minds en tête. Tandis qu'il parlait, parlait, parlait, je ne pensais qu'à une seule chose, lui demander des nouvelles de sa copine.

« Au fait, Alice ne s'est pas trop ennuyée ? Elle a aimé le groupe ?

— Oui, elle a été impressionnée. Mais tu sais, au bout d'une heure, on en avait plein les oreilles.

— Parle-moi d'elle, qui est-elle, que fait-elle ?

— Dis donc, on dirait qu'elle t'intéresse, la petite !

— Non, non, pas spécialement, mais elle a l'air si réservé, si timide que je n'ai pas osé lui poser de questions. On a juste parlé de nos goûts musicaux sur le balcon l'autre soir, et puis plus rien.

— En fait, c'est la petite sœur d'un mec de la fac. Mais c'est vrai, tu as raison, elle a un petit côté ado et réservé assez sympa. Elle vient de passer son Bac et part la semaine prochaine pendant un an à l'université de Séville... Eh, t'as l'air déçu !

— Euh, non... Au fait, je peux t'emprunter un disque ou deux ? »

Je suis rentré chez moi songeur. Il était tard, mais impossible de m'endormir. Je pensais à Alice, me disant que je n'avais vraiment pas de chance, qu'il fallait mieux l'oublier...

Tout ça me semble terriblement loin, ce soir. Avant de prendre l'avion pour Lagos, j'ai passé une dernière nuit chez Alice. Nous avons parlé longuement de notre relation et de ce qui avait cloché, à commencer par ses parents qui ne m'ont jamais trouvé assez bien pour leur fille. Nous avions peur de nous séparer, mais encore plus peur de ne plus vivre la même passion. Nous nous sommes quittés au petit matin en promettant de nous écrire et de nous revoir à mon retour, de profiter de ces dix-huit mois pour réfléchir. Mais l'un comme l'autre, on savait bien que c'était fini.

9 mars 1988

Ça fait cinq jours que je suis là et je n'ai toujours pas rencontré le patron ni commencer à travailler. Le directeur du chantier, papy Denel, comme on l'appelle, rentre en France une semaine sur deux. Il déteste ce pays et trouve constamment mille prétextes pour le quitter. Pour passer le temps, notre chauffeur, un Béninois, nous fait visiter Lagos. J'observe attentivement cette ville, sa vie, pour ne pas oublier. Dès l'aube, des flots de voitures, de taxis collectifs, de bus et de camions envahissent les rues. C'est le « go-slow », expression que les Lagosiens utilisent pour leurs embouteillages. Pare-chocs contre pare-chocs, on arrête les moteurs et on attend que ça se passe. Dans les vieux bus Bedford ou Mercedes bondés et cabossés de toutes parts, les conversations se nouent. Sur le bord des autoroutes et sur les grands axes, une multitude de gamins profitent du go-slow pour vendre des cigarettes, des radios, des tampons périodiques, pendant que des adultes en profitent pour vous braquer. Quand un braqueur est maîtrisé par quelques courageux, la foule en colère se rassemble autour du voleur et applique une justice immédiate : le battant à mort, lui mettant un pneu autour du cou, l'aspergeant d'essence, l'enflammant, le réduisant en cendres. Le corps reste ainsi pendant plusieurs jours sur le bord de l'autoroute.

Lagos n'est pas seulement une ville d'assassins, de corruption, c'est aussi un gigantesque taudis qui ne dispose pas de réseau d'égouts. Les canaux d'écoulement ne sont que des mares glauques infestées de bactéries, quant aux tas d'ordures, ils font partie du paysage.

À seize heures, un coup de fil nous annonce que Denel est rentré et veut nous voir sur le chantier. John, notre intermédiaire, nous attend avec un chauffeur. Il nous faut presque une heure de transport pour arriver sur Snake Island, où Snibat construit plusieurs bâtiments. Cette île au nom peu engageant, qui lui vient de son contour en forme de serpent, est située à l'extrémité ouest de la lagune, elle mesure une dizaine de kilomètres de long. Au début des années 1980, elle était l'un des rares lieux épargnés par l'urbanisation galopante. Isolée mais accessible aux navires à fort tirant d'eau, Snake Island a été choisie pour abriter la future zone franche industrielle destinée au secteur pétrolier, la nouvelle manne financière du pays. Depuis le centre-ville de Lagos, le bateau est le meilleur moyen pour y accéder. Sur l'eau, pas d'embouteillages. Hélas, ce n'est pas prévu au programme. Pendant le trajet, nous sommes silencieux, absorbés par le paysage. Les faubourgs de Lagos, avec leurs bidonvilles et leurs immeubles décrépis, laissent place petit à petit à un bush marécageux. C'est la saison des pluies, la route est défoncée, formant par endroits de petits cratères qu'il faut éviter en zigzaguant de gauche à droite pour les contourner, en risquant à tout instant le choc frontal avec les véhicules arrivant en face. Sur les bas côtés, des voitures accidentées. Souvent, les cadavres, après avoir été pillés, restent trois ou quatre jours avant d'être évacués.

Le chauffeur nous dépose devant les bureaux Snibat, petit immeuble de deux étages construit en préfabriqué. La base vie n'est pas encore terminée. Denel nous attend dans son bureau.

« Bienvenue au Nigéria, messieurs ! Je suis proche de la retraite, je me permettrais donc de vous appeler par vos prénoms. Vous n'y voyez pas d'inconvénient ? »

Il a une allure de bon papy, une tête ronde dégarnie, un regard inquisiteur. Il marche les mains derrière le dos, tournant autour de son bureau, s'adresse à Christophe, d'un ton paternaliste, lui énonçant les difficultés entre expatriés et Nigérians : racisme, violence, corruption, prostitution. Puis il s'arrête devant moi, me dévisageant avec un léger sourire.

« Vous avez une drôle d'allure pour un comptable, vous avez franchi la douane sans problème ? »

Christophe éclate de rire et répond :

« Non justement, ils l'ont pris en otage une demi-heure, ça nous a couté cher !

— Tu exagères Christophe, tu sais très bien que je n'y suis pour rien, interviens-je.

— En tout cas, vous allez faire jaser avec votre anneau à l'oreille, le treillis et les rangers. Vous êtes un comptable atypique en quelque sorte.

— Il faisait partie d'un groupe de rock à Paris.

— Ah, un artiste... Claude Bourgis vous attend demain matin à huit heures ! Son bureau est à l'étage en dessous, il vous expliquera tout. »

10 mars 1988

On a repris la route défoncée de Snake Island au petit matin. Ça roulait un peu mieux, le jour se levait sur la lagune brumeuse, c'était presque beau, on voyait moins la merde autour. Claude était assis devant son bureau quand on est arrivé, une pile de dossiers masquant le bas de son visage. Sentant une présence, il lève la tête et s'exclame :

« Putain le look ! Ils t'ont laissé passer à la douane ?

— Tu ne vas pas t'y mettre aussi, Denel m'a déjà fait une réflexion. Merde, on est en Afrique !

— Non, mais ici tu risques de provoquer des réactions négatives... Bon à part ça, tu n'es pas trop dépaysé ?

— Non, ça va... Mais je commence à comprendre pourquoi ils ont tant de mal à trouver des volontaires pour ce pays pourri !

— Allez, ne commence pas à t'énerver. Je sais tout ça, mais tu vas t'y faire, l'équipe est sympa. Et puis après demain, c'est le week-end, on fera la fête.

— Bon, OK. C'est quoi cette histoire d'incendie ? Je ne vois aucune trace.

— Attends, je vais fermer la porte... Officiellement, c'est un accident. Il y a environ un mois, début février pendant la nuit, des blacks ont allumé un feu à cet étage, visant tout particulièrement mon bureau. Les gardiens n'ont soi-disant rien vu, mais ils se sont précipités avec des extincteurs et ont réussi à l'éteindre. Une équipe du chantier a tout remis en état en trois jours.

— C'est quand même dingue les rumeurs. Au siège, à Vélizy, il y avait des bruits de couloir, on disait que l'incendie était criminel, que ça s'était passé pendant la journée, qu'heureusement il n'y avait pas eu de victime, mais que les dégâts étaient considérables. Mais continue, quel est le vrai problème ?

— Tu vois ce meuble métallique à trois tiroirs ? C'est là que je classe mes dossiers fournisseurs par ordre alphabétique. Il n'a même pas été léché par les flammes et pourtant quelqu'un a pris le soin d'en extraire les factures et nos bons de commande jusqu'à la lettre M, ainsi que mes liasses d'écritures comptables fournisseurs de décembre et janvier, que je devais transmettre au siège pour la saisie informatique.

— C'est bizarre, pourquoi la lettre M ?

— Je soupçonne un conducteur de travaux de magouiller avec une société allemande, qui nous fournit en sable et agrégats. C'est la société MCC, le dernier dossier du lot qui a disparu.

— OK, je commence à comprendre ! Son complice nous facturait beaucoup plus de quantité livrée, notre homme modèle donnait son "Bon à payer", et ils se partageaient la recette de la marchandise vendue contre du cash sur d'autres chantiers. Pensant peut-être qu'il risquait d'être découvert, il a dû payer des blacks, dont au moins un d'entre eux savait lire, pour faire disparaître les preuves.

— Dis donc, tu piges vite ! Quoi qu'il en soit, maintenant, on est dans la mouise. Il faut que tu reconstitues deux mois de comptabilité fournisseurs avec les pièces de caisse et de la banque, je ne rangeais dans ce meuble que les factures réglées.

— Et Denel, il est au courant de tes soupçons ?

— Bien sûr, mais il refuse d'aborder le sujet. Tout le monde se tait.

— C'est insensé, on a des preuves. Il suffit de comparer l'entrée des stocks d'agrégats par rapport aux sommes versées.

— Écoute-moi bien, Nico, je n'ai pas l'intention de me battre contre la direction, pour qu'on me mette sur une voie de garage. Denel est responsable, puisqu'il signait les chèques sans contrôle, ainsi que tous les autres qui n'ont rien vérifié. Moralité, tout le monde a intérêt à la fermer. C'est pour ça que l'incendie crapuleux est devenu un malheureux accident.

— Il est encore là, cet enfoiré ?

— Non, évidemment ! Monsieur ne supportait plus le climat tropical, il a été muté sur un chantier dans le sud de la France. Bon, tu sais tout, maintenant tu oublies et tu n'en parles à personne, okay ?

— T'inquiètes pas Claude, d'ailleurs je m'en fous, c'est pas mon problème.

— Parfait, tu commences demain. Je vais demander au chauffeur de vous ramener à la guest house, quand j'aurai vu Christophe. Au fait, il est comment, ce nouveau DAF ?

— Jeune et très cool, tu verras.

— Ça vaut mieux pour toi, parce que vous allez cohabiter un bout de temps à la guest house. Jacky, l'instit de la base, et Marbœuf, un ingénieur, vont vous rejoindre. Avec papy Denel, vous n'allez pas vous ennuyer, ha ! ha ! ha ! »

13 mars 1988
Je commence à me faire une idée de la vie que je vais mener ici. Go-slow, paperasse et embrouilles administratives la semaine, soirées « décollage », délires en tout genre et gueules de bois le week-end. Autrement dit, le nez dans la compta du lundi au vendredi, dans le whisky coca du vendredi soir au dimanche soir.

Claude m'avait prévenu : le week-end, on fait la fête. Le programme, d'après ce que j'ai compris, varie peu :

- Vendredi soir, on décompresse à la guest house. Open-bar, barbecue, musique à fond et invitées-surprises (des putes camerounaises, je passe mon tour).

- Samedi, golf à l'Ikoyi Club 1938 pour les uns, à dix kilomètres de Lagos, journée de glande à la guest house pour les autres, qui comme moi n'ont aucune envie de replonger dans l'enfer de Lagos.

- Samedi soir, dîner à l'Ocean Basket, sur Victoria Island, pas loin de la maison. Belle terrasse, poissons et fruits de mer. Je prends du crabe et un fish & chips.

Ensuite, tout dépend des opportunités : soirée dans une ambassade ou chez un expat', boîte de nuit d'un grand hôtel ou, plus aventureux, virée au Shrine, le club mythique de Fela Kuti, situé dans la banlieue de Lagos.

Ce week-end, l'ambassadeur d'Australie recevait dans sa villa. Je me souviens m'être allongé un moment dans l'herbe avec la tête qui tournait sous les étoiles ; avoir pris d'assaut la sono pour passer la K7 du dernier Gainsbourg *You're under arrest*, dont j'écoute en boucle la version désespérée de *Mon légionnaire*, qui me semble parfaitement adaptée à l'ambiance du pays ; et avoir fini dans la cuisine à boire au goulot du Mezcal dont j'ai croqué la larve qui se trouvait au fond. *No comment*, comme dirait Gainsbarre.

15 mars 1988
Sur le chemin de la base vie, à la sortie de Lagos, alors que la route défoncée s'enfonce dans le bush, une silhouette surgit d'une carcasse de voiture abandonnée sur le bas-côté (une 504 Peugeot sans parebrise, à moitié brûlée). En nous voyant arriver, elle s'avance sur la chaussée, titubant ou dansant, difficile à dire. Djimon (ce qui signifie né un vendredi), notre chauffeur béninois, ne ralentit pas, mais fait un écart pour l'éviter, manquant de nous envoyer dans le dé-

cor. En passant à sa hauteur, je m'aperçois que c'est une femme, assez jeune et jolie, mais qui a l'air mal en point. Elle porte une tenue africaine colorée. Je me retourne et l'observe par la vitre arrière s'éloigner, continuant son étrange danse au milieu de la route. Interloqués, on se regarde avec Christophe. Djimon nous voit dans le rétroviseur : « Zombie girl ! », s'exclame-t-il en rigolant et en agitant la main à hauteur de sa tête. Je me demande qui de la fille ou de ce pays est le plus fou.

19 mars 1988

J'ai reçu une lettre de Ben. *My best friend* me manque. Mais j'ai tellement de choses à lui raconter que je ne sais pas par où commencer. On s'est rencontré en 1976 à Boulogne, au « Havane », un bar-tabac situé à deux pas du lycée Notre-Dame et de Saint-Joseph du Parchamps (l'école des filles, notre vivier). C'était le repaire favori des deux institutions, tout s'y organisait, les soirées, les liaisons, parfois dangereuses, les deals de shit, les bastons quelques fois. Le lieu aussi de débats philosophiques, politiques, de rivalités entre babas cool, rebelles, fachos, gauchos, BCBG et « sans étiquette ». C'est dans ce microcosme qu'il m'a abordé. Il avait un casque intégral à vendre, j'étais intéressé. On a pris un verre, parlé de rock, de cinéma, de nos expériences avec la drogue qui s'étaient terminées à l'hôpital Ambroise Paré. Nous avions beaucoup de points communs : nous ne supportions pas les babas, les fafs, le jazz-rock et les dinosaures du rock comme les Rolling

Stones ou Pink Floyd, mais nous aimions Iggy Pop et ses Stooges, Patti Smith, Docteur Feelgood, les New York Dolls — les prémices du punk.

Je l'ai aussitôt trouvé intéressant. On s'est revu successivement au Havane, à des concerts, dans des soirées, au cinéma, chez lui, chez moi, nous sommes partis en vacances avec Jissé, son complice, et avec le temps, il est devenu mon meilleur ami. J'aimais en lui son intelligence, sa culture littéraire, musicale, cinématographique, son physique en harmonie avec sa personnalité, plutôt Elvis Costello que Billy Idol. C'était le genre de garçon timide, réservé, plein d'humour et respectueux envers les filles, tout le contraire des frimeurs impulsifs et bruyants qu'on côtoyait souvent dans les soirées. J'appréciais également son environnement familial, toujours ouvert aux amis : l'apéro du samedi soir, les grandes tablées où nous pouvions nous exprimer en toute liberté, les parties de tarot jusqu'à deux heures du matin, tout ça en présence de sa mère, de son beau père, de sa sœur Sylvie et de ses copains Momo et Jissé, et souvent bien d'autres. J'étais en admiration devant ce climat que je n'avais jamais connu chez moi. C'est devenu à cette époque ma famille d'adoption.

J'avais dix-neuf ans. Mon père était décédé depuis six mois, il ne me manquait pas, au contraire. Ancien pilote de l'aéronavale, il avait effectué son dernier vol en février 1964. Ensuite, il avait travaillé comme technicien-commercial dans une importante société d'aéronautique. Il avait été licencié et mis en préretraite à l'âge de cinquante-sept ans. J'ai vécu sa mort, arrivée sans prévenir une nuit dans son lit, sans une larme ou presque. Il était devenu une présence gênante et inutile. Je n'ai aucun souvenir de discussion profonde ou sérieuse avec lui. Il ne m'a ni éduqué ni aidé financièrement pour mes études, qui ont tourné court quand je me suis fait viré du lycée et qu'il a refusé de payer mon entrée dans une école privée. Les souvenirs que j'ai de mon enfance ne sont que disputes violentes entre lui et ma mère. Je baissais les yeux en croisant les voisins, je savais qu'ils entendaient toutes ces querelles et j'en avais honte. Mon père ne supportait plus ma mère et allait souvent au bistrot, ou bien restait assis devant la télévision toute la journée avec son verre de rouge. Mes deux sœurs ainées ne l'aimaient plus, elles me protégeaient de lui, me réconfortaient quand elles me sentaient affecté. Je ne connaîtrai jamais la vraie personnalité de mon père. La vie de ma mère, petite Corse timide aux yeux malicieux soumise aux lois du patriarcat, fut parfois un calvaire, mais elle a toujours été aimante, présente, attentive, volontaire, respectant ma volonté d'indépendance.

Notre amitié avec Ben fut progressive mais de plus en plus solide. Pendant cette période, il a eu une véritable influence sur moi, me faisant découvrir des auteurs américains comme Jack Kerouac, Henri Miller, Charles Bukowski, ainsi que Wim Wenders, pour le septième art. Nous avons ensuite participé activement à la tornade punk de 1977 à 1979. Deux années charnières qui ont magnifiquement et cruellement marqué nos vies.

Comment ne pas penser à notre virée à Londres en 78 ? Ben avait tout organisé avec Jissé et réservé une semaine en avril dans un bed & breakfast du quartier plutôt chic de South Kensigton, que les Anglais appellent « la vallée des grenouilles ». Avec Momo, le troisième larron de la bande, et Laurence, une copine commune, on était cinq froggies en pleine vague punk émerveillés d'être là où tout avait commencé. La journée, on courait les disquaires (notre préféré, Rough Trade West à Ladbroke Grove) et les boutiques de fripes, le soir, les concerts. On parcourait des kilomètres à pied et en métro. Dès notre arrivée, on a acheté des vestes à revers étroits et des quantités de badges au Camden Lock Market pour adopter un look keupon de circonstance et se fondre dans le décor, sauf Laurence, qui conservait son allure néo-baba habituelle, avec ses cheveux longs et sa frange qui lui mangeait les yeux, ses jeans moulants, sa parka militaire et ses Kickers. À part moi, tout le monde était dingue de cette fille. Surtout Ben et Jissé, et particulièrement Ben, qui lui vouait un amour platonique sans borne, une sorte d'adoration chimérique venue du fait qu'il l'avait longtemps considérée comme inaccessible et qu'elle était maintenant son amie ; il aurait pu se jeter dans la Tamise si elle le lui avait demandé. Pour Jissé, c'était différent, car il s'était donné comme défi de la séduire. Un soir, après un concert mémorable de Dead or alive, un groupe éphémère monté autour de Johnny Thunders, guitariste destroy des Heartbreakers et des New York Dolls qu'on adorait, il est arrivé à ses fins. J'ai connu les détails plus tard, mais vers trois heures du matin, Ben a fait irruption dans ma chambre l'air défait, et pas seulement à cause de tout ce qu'on avait bu. Il s'est assis sur le bord du lit, où il est resté prostré un moment, puis a sorti un petit carnet dont il ne se séparait jamais et dans lequel il notait tout, puis s'est levé brusquement :

« Fait chier, putain ! a-t-il crié, en donnant un coup de pied dans le mur.

— Qu'est-ce qui se passe ?

— À ton avis ? Cet enculé de Jissé sort avec Laurence, et Momo en profite. Et moi je suis tout seul comme un con... »

Difficile d'expliquer ce qui s'est passé ensuite entre nous. Pour nous, ça restera une branlette entre amis. Je n'en ai pas honte. Le lendemain, on ne se sentait nullement gênés, au contraire on avait le sentiment d'être encore plus punks. Cet épisode a définitivement forgé une complicité qui dure depuis dix ans.

25 mars 1988
Hier soir, Jacky, l'instit qui nous a rejoints la semaine dernière, a convaincu tout le monde, excepté papy Denel bien sûr, d'aller écouter Fela en concert. Il jouait à Freedom Park, sur Lagos Island, à l'endroit qui était jusqu'en 1979 la prison de Broad Street. Là, les bourreaux de Lagos pendaient méthodiquement et implacablement les condamnés à la peine capitale. Pour s'y rendre depuis Victoria Island, il nous a fallu traverser la lagune en bateau, sur

une petite barge puant le diesel. Sur le trajet, on a croisé l'ambassadeur de France ; il était à bord d'un canot à moteur en compagnie d'une splendide Nigérienne, style mannequin, ils formaient un couple magnifique qu'on aurait dit sorti d'un film de James Bond, ou d'OSS 117 pour faire plus français. Tout le contraste du pays était résumé là.

« Il y en a qui ne s'emmerdent pas ! s'est exclamé Christophe.

— Ils auraient tort de s'en priver, a répondu Marbœuf, l'ingénieur. Ici, quand tu es du bon côté du manche, c'est le paradis.

— Le paradis, j'irai pas jusque-là, a dit Jacky.

— Il y a de la marge », ai-je ajouté, et on a tous rigolé.

L'ancienne prison coloniale a été détruite et Freedom Park est un poumon de verdure au milieu des tours de Lagos Island. Un poumon un peu décati, comme presque tout ici, mais c'est mieux que rien. Ils envisagent de transformer l'endroit en parc commémoratif ou en centre culturel. En attendant, des concerts plus ou moins sauvages s'y organisent.

Ce soir, c'est Fela Kuti et son groupe Egypt'80. Même si ce n'est pas mon genre de musique, Fela, c'est le Bob Marley de l'Afrique. Comme lui, l'exotisme de sa musique est auréolé par son courage et sa rébellion face aux oppresseurs. L'exubérance de ses prestations et le côté tripant de l'afrobeat en font un phénomène qu'il faut avoir vu. Il a fait un concert mémorable à la Fête de *l'Humanité en 86*, mais je l'ai raté. En arrivant, l'espace vert rempli d'une foule compacte résonne déjà aux sons de la transe hypnotique de Fela, et on se rend vite compte que nous sommes les seuls blancs. La plupart des gens ne font pas attention à nous, mais certains regards pèsent lourd et me dévisagent avec un peu trop d'insistance à mon goût. Est-ce seulement mon look ? Je ne me sens pas rassuré. Je pourrais me prendre un coup de couteau, parce que je suis blanc, personne n'en aurait rien à foutre, personne ne lèverait le petit doigt pour m'aider. J'en parle à Christophe, qui lui me rassure avec son calme et sa carrure. Après avoir jeté un coup d'œil à la ronde, il dit :

« OK, on prend une bière, on écoute trois ou quatre morceaux en restant près du bar, et après on y va. Si Marbœuf et Jacky veulent jouer les prolongations, on les laisse là.

— Vu la longueur des morceaux, je dirais plutôt un ou deux. »

Sur scène, Fela, torse nu, porte une corde de prisonnier autour du cou. Il fume cigarette sur cigarette, passe du clavier au chant puis au saxo ; son regard est magnétique, presque fiévreux, sa voix profonde et la sécheresse monolithique de son corps me rappellent celles d'Iggy Pop. Mais il semble épuisé, à bout d'énergie. Le rythme lui aussi a ralenti et s'oriente vers un mid-tempo aux inclinations jazz franchement marquées, sur lequel des danseuses aux maquillages tribaux se déhanchent. Mes pensées s'échappent vers des souvenirs de scène, avec mes différents groupes, je me revois au Rose Bonbon en 1981, période faste pour ce club, prometteuse pour moi. Cette boîte située sous l'Olympia offrait une scène permanente à de jeunes groupes amateurs, rock punk ou new wave. Tous les groupes français de l'époque y sont passés : Taxi Girl, Indochine, Marquis de Sade, Les Civils, Lili Drop, Bijou, mais aussi Ultravox, The Comateens, Dr Feelgood...

À ce moment-là, avec Fotomatic, j'y ai cru. Aujourd'hui, mes rêves de célébrité se sont envolés, je suis comptable à la Snibat, je ne suis pas très motivé, mais au moins je gagne de l'argent. Mes seules préoccupations : la musique, les amis, les fêtes avec mon pote Ben et... Alice, aurais-je dit il y a encore peu de temps.

28 mars 1988

Sur la route, elle est encore là. La femme qui sort de sa carcasse de voiture comme un diable sort de sa boîte, et se met à marcher vers nous en boitant et en tournant sur elle-même comme si elle dansait. Son état semble s'être dégradé, ses vêtements sont déchirés et on voit ses seins. Qui est-elle ? Que veut-elle ? Vit-elle dans cette épave ? Elle a l'air blessé, et folle aussi. Son regard vers nous ressemble à un appel de détresse. En arrivant à la base vie, je vais parler à Boucher, le docteur (ce n'est pas une blague) :

« On ne peut pas laisser cette femme comme ça, il faut faire quelque que chose !

— Je ne peux rien faire, répond Boucher, sur un ton agressif.

— Mais tu pourrais l'ausculter, la soigner !

— Me fais pas chier, tu connais rien. Là, t'es en train de te prendre l'Afrique en pleine gueule.

— C'est quoi ces conneries ? L'Afrique, c'est laisser crever les gens au bord de la route, puis les jeter dans une benne à ordures et voilà ?

— Elle a eu un accident, sa hanche est brisée, et sans doute d'autres choses aussi. Si je fais quoi que ce soit pour la soigner, ça ne servira à rien, elle va mourir, je le sais. Et moi, on va me foutre en tôle et on va nous réclamer du dash, c'est comme ça que ça marche ici.

— Mais on ne peut pas subir la situation sans rien dire !

— Cette fille, tout le monde pense qu'elle est folle et personne n'y prête attention. Si elle meurt, à part toi, tout le monde s'en fichera, crois-moi. La mort ici, ça ne compte pas. Dans les faubourgs de Lagos, si un voleur est pris, on l'entoure d'un pneu, on verse de l'essence, une allumette et c'est terminé !

— Je sais, mais...

— Laisse tomber, je te dis, et va bosser. »

3 avril 1988

J'ai fait la connaissance du DAF du groupe au Nigeria, René-Paul de Frémont, et on a sympathisé. Il m'a invité chez lui ce week-end. « C'est un aristo homo, fais gaffe à tes miches », m'ont prévenu quelques collègues ricanants. J'ai haussé les épaules, je déteste ce genre de remarque de beaufs provenant de mecs qui se donnent des airs virils et machos (ce n'est pas ce qui manque dans le bâtiment).

La villa de René-Paul se trouve non loin de la nôtre, et comme la nôtre, elle est gardée jour et nuit par des Haoussas, impressionnants dans leurs larges boubous colorés, chacun armé d'un sabre, une calotte ou un turban complétant l'ensemble. Parfois, après quelques whiskies, j'oublie où je suis, j'oublie l'Afrique et tout le bordel qui va avec ; mais il me suffit de jeter un œil à nos gardes haoussas pour me ramener à la réalité.

René-Paul est très branché politique, gaulliste convaincu et ardent défenseur de la France-Afrique. Après plusieurs verres de Glenfidish, il débouche une bouteille de Saint-Amour. Il a vite compris que je n'étais pas attiré par les hommes, mais ça n'a pas l'air de le déranger plus que ça. Du coup, je me détends et nous passons une excellente soirée, assis dans sa cuisine, à boire du vin et à se raconter nos vies. À première vue, tout nous oppose. C'est un haut gradé dans le groupe, je ne suis qu'un simple comptable. Lui, un aristo, moi, un petit bourgeois. Il a fait de brillantes études, je me suis arrêté avant le Bac. Il écoute du classique, moi du rock. Il aime les hommes, moi les femmes. Et dans le privé, il est beaucoup plus destroy qu'il n'en a l'air, au contraire de moi qui suis plus timide qu'on ne pense. Il me raconte ses virées nocturnes dans les backrooms du Marais, et me montre une photo de lui en short moulant en jean et tee-shirt rouge à paillettes, qu'on croirait prise lors d'une soirée au Club 54 de New York en pleine fièvre du disco. Je suis étonné par ses confidences. Peut-être pense-t-il que son extravagance passera facilement auprès de moi, vu mon look (il n'a pas tort). J'avoue être assez troublé, et assez bourré également. L'alcool délie les langues, c'est ce qu'on dit.

« Mais assez parlé de moi, fait-il. Comment vis-tu ton premier séjour au Nigéria ? »

Je lui raconte mon passage mouvementé à la douane, le choc de la misère et de la crasse de Lagos, les dash à répétition, la danse macabre de la boiteuse au bord de la route, mon incompréhension de la mentalité qui règne ici, pour ne pas dire de l'inhumanité, en passant sous silence les magouilles découvertes dans les comptes de Snibat. « Je n'ai pas fait mon service militaire, j'ai été réformé P4, mais j'ai l'impression de le faire maintenant. Je suis coincé ici pour plusieurs mois et je ne sais pas si je vais tenir. Vue de Paris, l'expérience me semblait intéressante, sans compter l'aspect financier. Mais maintenant…

— Bonne chance pour les semaines à venir, mon ami ! Tout ce qui ne me tue pas me rend plus fort, a dit Nietzsche.

— Ça veut dire qu'il faut que je m'endurcisse ?

— Non, ça veut dire que la souffrance est, aux yeux du philosophe, un outil de connaissance. Tu vas tirer quelque chose de ce que tu endures ici, je peux te l'assurer. Tu n'as vu que les côtés négatifs de l'Afrique jusqu'ici, mais il n'y a pas que ça. »

Je hausse les épaules. « Je ne suis pas ici pour faire du tourisme. Je bosse toute la semaine à la base vie, qui ressemble à un camp militaire, et quand je rentre à la guest house, c'est sous la garde de soldats haoussas armés jusqu'aux dents. Je ne dis pas que l'Afrique n'a pas de bons côtés, mais je ne sais pas quand je les verrai. Désolé de plomber l'ambiance...

— Non, c'est de ma faute. Parle-moi plutôt de ta vie à Paris ! »

Je n'ai pas envie d'évoquer ma rupture avec Alice, alors je lui parle de ma passion pour le rock, comment elle a structuré ma vie, mes amitiés et ma façon de penser.

« Ça voulait dire quoi, faire de la musique, pour toi ?

— C'était une évidence. S'éclater avec des copains, monter sur scène, être connu, s'inscrire dans une mythologie, trouver un exutoire. Pour moi, comme pour beaucoup, le punk a été un détonateur, on a compris qu'on n'avait pas besoin d'avoir une super technique, qu'avec trois accords et de l'énergie, on pouvait tout casser.

— Et alors ?

— Ça s'est passé comme ça se passe pour plein de petits groupes : on répétait autant qu'on pouvait, on donnait des concerts dans des bars et des soirées, on enregistrait des maquettes qu'on envoyait aux maisons de disques, on se faisait refuser. On a quand même joué au Rose Bonbon, au Gibus, au Golf Drouot, mais on a fini par se lasser et ne plus y croire. Sans parler des galères de fric. En 86, je suis rentré chez Snibat, après une formation de compta en cours du soir. Le week-end, je travaillais comme ingénieur du son vacataire chez DC Studio, dans le

XVIIe. On en a profité avec le groupe pour autoproduire un album six titres. C'était trop beau. Le master un pouce sur lequel étaient posés les morceaux a disparu ! Sans doute un vol ou un acte malveillant, on n'a jamais su. Ça a été la déception de trop et le groupe s'est dissous. »

Devant son silence, je me sens obligé d'ajouter :

« Merde, ce n'est pas très gai non plus comme histoire.

— J'imagine que votre musique ne l'était pas non plus, rigole-t-il.

— Non, c'est vrai, c'était plutôt sombre. Mais t'inquiète pas, je suis comme ça, mes copains m'appellent souvent Calimero ! »

Pour changer de sujet, alors que René-Paul débouche une autre bouteille de Saint-Amour, je me mets à parler de Ben, à raconter toutes les aventures qu'on a vécues ensemble. Au moment d'évoquer notre voyage à Londres, et ce qui s'y est passé, j'hésite, une petite voix me dit de fermer ma gueule, mais c'est plus fort que moi, emporté par la convivialité de l'alcool et l'envie de me montrer cool, en quelque sorte de son « côté », je lui balance toute l'histoire, le désespoir de Ben quand Laurence est sortie avec Jissé, et la façon dont on s'est consolés.

« Bienvenue au club du bâtiment, chéri, s'exclame-t-il. Et ça t'a plu ?

— Joker !

— Tss, petit joueur… »

À la question « que s'est-il passé ensuite ? », je répondrai simplement : j'aurai eu confirmation pendant ce séjour au Nigeria que bien qu'aimant les femmes, j'apprécie aussi le sexe d'un homme et le goût salé de son sperme dans ma bouche.

FUCK FOR EVER.

13 avril 1988

Depuis quelques jours, on n'a pas croisé la « folle » sur le bord de la route. Pourquoi n'est-elle plus là ? Ce midi, avant d'aller déjeuner à la cantine, on a pris un véhicule de la base vie avec Christophe et, accompagné d'un ouvrier russe du chantier, on est parti voir ce qui se passait. En arrivant à hauteur de l'épave de la 504, le Russe s'est garé sur le bas-côté et a coupé le moteur. Il faisait une chaleur épouvantable, l'air était brûlant et poussiéreux. On s'est tous regardés dans un silence de plomb. Puis le Russe est sorti de la voiture et on lui a emboîté le pas. De l'autre côté de la route, des mouches volaient autour de la carcasse couverte de poussière et à moitié calcinée de la 504. Au volant, on distinguait une forme, mais ce n'était pas celle d'une tête. On s'est arrêtés, se regardant à nouveau. Christophe a ouvert la portière et on a vu ce spectacle terrifiant : la fille, le visage tuméfié reposant sur les pédales de la voiture, son corps à moitié nu contre le dossier du siège, les jambes écartées, l'une pendant dehors, les parties génitales à l'air. Morte. Du sang noir collé partout, des mouches bourdonnant dans l'habitacle surchauffé. Pris d'un haut-le-cœur, j'ai tourné la tête.

En rentrant à la guest house ce soir, j'ai craqué. Dans ma chambre, je me suis acharné sur la porte à coup de rangers. J'ai piqué une crise de nerfs et je me suis mis à pleurer en maudissant ce pays de merde.

4 mai 1988
La période d'essai de mon contrat d'expatrié se termine aujourd'hui et ma décision est prise : retour à Paris, pas question de rester ici seize mois de plus ! Qu'importe ce que me dira le boss, je suis dans mon bon droit et l'argent ne justifie pas tout. Le problème ne vient pas des gens, tout le monde a été très gentil avec moi depuis l'accident, un peu comme avec un malade ou un handicapé qu'il faut ménager. Même Denel s'est montré compréhensif quand je lui ai annoncé mon intention de rentrer. Bourgis, lui, n'était pas enchanté, mais le boulot a bien avancé, et ce n'est pas de ma faute si les gratte-papiers d'ici mettent des jours à répondre à une quelconque demande.

On m'a raconté que la fille avait été ramassée au râteau et à la pelle, jetée comme un déchet dans une benne à ordures, le corps tout disloqué. Pas d'enquête, rien, on ne saura jamais ce qui lui est arrivé. Les Béninois de la base vie qui ont assisté à la scène étaient abasourdis, mais les Nigérians s'en fichaient. À Lagos, on voit passer plein de voitures dans lesquelles pendent au rétroviseur des crucifix et des chapelets, car il y a beaucoup de chrétiens même s'ils ne sont pas en majorité. Est-ce pour cette raison que la mort (ou la vie) ne compte pas pour eux, qu'ils jettent les corps dans des poubelles et voilà ? Ça ne me semble pas une attitude très chrétienne. Mais évidemment, la religion n'a rien à voir là-dedans ; la pauvreté, le manque d'éducation, les injustices et la corruption expliquent cette indifférence, pour ne pas dire cette cruauté. « Pensée de petit blanc, m'a dit Christophe. Tu oublies les conflits ethniques. Les rivalités entre Ibos, Ijaws, Itchékéris, Haoussas et Yoroubas sont plus vives que jamais, envenimées par des groupes radicaux qui provoquent des affrontements entre communautés.

— Ça me conforte dans mon envie de me tirer d'ici.

— Je n'essayerai pas de te retenir, mais tu vas nous manquer, tu es notre seul comptable punk. »

Rires.

6 mai 1988

Me voilà de retour à l'aéroport de Lagos, soixante-trois jours après mon arrivée. C'est possible que j'aie changé, mais c'est toujours le même bazar ici, des flics, des vendeurs ambulants, des militaires et des voyageurs partout. J'embarque à 14 h 35, atterrissage 20 h 05 à Roissy-Charles De Gaulle, et je voyage en compagnie de Marbœuf (monsieur ne supporte pas le climat tropical, il a été muté sur un chantier dans le sud de la France) et de quelques expat'. La dernière blague du séjour : avant de quitter la guest house, Christophe m'a pris à part et m'a remis discrètement une enveloppe remplie de billets de vingt nairas.

« Qu'est-ce que c'est que ça ?

— Pour passer la douane...

— Quoi, ils vont encore me faire chier ?

— Toi, non, sauf si tu retrouves ton copain "coton-tige". Mais Marbœuf rapporte quelques objets en ivoire pour sa collection, il va falloir dacher.

— Putain, vous lui payez son trafic ?

— Écoute, s'il se fait coincer à Roissy, c'est son problème. Mais ici, c'est l'image de la boîte et le business qu'on préserve.

— On aura tout vu ! Et c'est à moi, petit comptable, qu'on confie la grosse enveloppe ?

— Disons que tu me remplaces, tu as de l'expérience maintenant, ça devrait bien se passer.

— Un dernier dash pour la route, quoi !

— C'est ça. »

Christophe n'a pas précisé si je pouvais garder l'enveloppe pour moi, au cas où elle ne sert pas. Je ne vais pas me gêner.

Cassos, Lagos.

Carry on

Momo

Eh mec, je peux te causer ? Aldo-la-classe, de Las Vegas, c'est moi, mec. T'as sonné à la bonne porte. Si tu veux quoi que ce soit dans le quartier, tu m'demandes. Ici, tout le monde me connaît et je connais tout le monde. Ouais, c'est ça la classe, la classe d'Aldo de Las Vegas. Si j'suis allé à Vegas ? Of course, man. Tu crois qu'on m'appellerait comme ça sinon ? J'avais loué une grosse Camaro noire et descendu toute la côte de Frisco à Los Angeles, par la 1, mec, LA route. Et puis Death Valley, Zab-riskie Point et tout le toutim. En arrivant à Vegas, une longue voiture plate comme une limande me prend en chasse sous un pont. Les flics, mec ! Je roulais à plus de cent vingt miles ! Je lève le pied, la limande me dépasse et me bloque contre la rambarde. Sirène, fusil à pompe, lunettes à verres fumés et tout le tremblement. J'ai fouetté, mon gars, je peux te le dire. À l'époque, ça rigolait pas, tu peux m'croire, avec tous les vieux babas qui trainaient dans le patelin et les Indiens des réserves qui lorgnaient le business des casinos. Voulaient pas qu'ils viennent pourrir le coin, tu vois, rapport aux touristes, au fric, tout ça. Remarque les babas, j'ai jamais pu les blairer, pas toi ? Peace and love et toutes ces conneries. De la merde, ouais, comme c'qu'ils s'enfilent dans les veines.

Écoute bien celle-là. Un jour, juste en bas de l'escalier, là, tu m'suis, passage des Abbesses, j'ai vu un junk le bras tellement en compote qu'il s'est ouvert les veines avec une saloperie de vieux cintre pour y foutre directement sa dose de poudre. T'imagines le tableau. J'te garantis que ça a été son dernier voyage, mec. Comment j'm'en suis tiré avec les flics de Las Vegas ? La classe, mon vieux, toujours la classe. J'leur ai fait mon numéro. Je prends le rythme sur mes cuisses, clap clap clap, comme ça, puis je fais monter la sauce, tchak tchak tchak, de plus en plus vite, de plus en plus fortes les claques, sur les cuisses, sur le ventre, la poitrine, et puis le visage maintenant, clac clac clac, mais je sens rien, mec, je frappe de toutes mes forces, un rythme dément, j'sens rien j't'dis, j'suis un yogi mon vieux. Et puis, quand le beat est à son comble, leurs yeux leur sortent de la tête et leurs bras leur tombent des cuisses, mec, y'z'ont jamais vu ça, tu peux me croire, hop, un léger recul, mes pieds martèlent le sol comme un danseur de flamenco sous amphé, et tac, je cambre les reins et je m'envole, mon gars, un saut per comme t'as jamais zieuté, une double cabriole arrière, mais à plat mec, le dos droit comme une planche à repasser, et plaf, je retombe sur le sol commac, toujours à plat, raide comme un madrier ! La claque qu'ils se prennent, les deux cow-boys ! Moi je sens rien, une sorte d'état second, j'te raconte pas. Y me laissent partir, médusés les poulets. Y croient que j'suis un artiste ou quelque chose du genre, que j'bosse au Cæsar Palace ou à l'Holiday Inn. En fait j'habite chez un pote qu'est serveur au casino, j'me rappelle plus lequel. Cinq ans qu'il est là-bas, mon vieux. En France, il était routier, il est parti en vacances, il a joué et il a tout perdu mec, comme j'te'l'dis, obligé de rester pour se refaire la cerise, la moitié de la ville est comme ça, mais pas Aldo de Las Vegas mon pote, ça non. Moi je prends le fric et je taille la route, c'est ça la classe, pas vrai ?

Dis donc, si on rhabillait le gamin, non ? Merci mon pote, t'es cool. Ça remet l'homme sur la femme, comme dit l'autre. Oui, je sais, je parle une langue bizarre. Où j'en étais ? Ah ouais, mon pote de Vegas. Figure-toi qu'il a un chien qu'a le cancer. Des tumeurs tout autour du cou, un vrai collier de glaouis. Beefheart qu'il s'appelle. Cœur de viande. Tu piges ? Pour cacher toutes ces boules, et j'peux t'assurer qu'il en a c'est rien d'le dire, mon pote lui a mis un foulard autour du cou, genre bandana tu vois. Le pauv'cleb s'ébroue autour de la piscine, et ouais, tout le monde a des piscines là-bas rapport à la chaleur, sans rien savoir de ce qui l'attend. Condamné qu'il est. Seigneur, tu vas pas me croire, mais y m'a fait chialer ce chien, ce bon vieux Beefheart. C'est con, non ?

À propos de con, c'est à Vegas que j'ai rencontré le catcheur le plus naze du monde, tu peux m'croire. Dirty Sanchez, ça te dit quelqu'chose ? M'étonnerait, sa réputation a même pas traversé le désert du Mojave, alors l'Atlantique, tu parles ! Tu sais c'que c'était son finish, le truc avec lequel il écrasait tous les mecs encore plus nazes que lui qu'il rencontrait ? Tu vas pas m'croire : y baissait son froc de guignol, y s'fourrait deux doigts bien profonds dans la raie du fion et y ramenait le tout pour coller une moustache à son adversaire ! C'était ça, la Dirty Sanchez touch, mortel, non ? Ouais, un peu crade aussi, désolé.

Bon, halte aux souvenirs. Si on en reprenait un. À qui le tour ? Merde, j'suis sans un, mon vieux. Okay, t'es chic. Aldo-la-classe de Las Vegas saura s'en souvenir. Demande-lui n'importe quoi, il te rencardera. T'es nouveau dans le quartier, pas vrai ? Moi j'connais tout le monde et tout le monde me connaît. C'est mon territoire. Tu sais quoi, la môme Piaf, y'a son sosie dans la rue, version d'occasion. Elle raconte à tout le monde que si la Mireille lui avait pas mis des bâtons dans les roues, elle aurait pu grimper en haut de l'affiche. Paraît qu'son mari est un riche rosbif qui reviendra la chercher dans son zingue privé un de ces quatre. Vise un peu la fille au bout du bar, avec son accordéon. Eh ben c'est un mec, mon vieux, un putain de mec, un trav. Y'a qu'ça dans le coin. Traveland que c'est devenu. Aldo les connaît toutes. Attention, j'maque pas, mec, pigé ? C'est comme des potes, c'est tout. Tiens, y'en a une, Gabrielle qu'elle s'appelle, mais on la surnomme Super Gaby en souvenir du bon vieux temps, parce qu'elle était vraiment super à une époque. Elle est passée à la télé, à la radio, c'est une vedette maintenant. Okay, pas autant qu'Aldo-la-classe, mais bon, toujours est-il qu'elle veut plus travailler maintenant. Dommage, c'était un bon coup, tu vois ce que j'veux dire ?

Eh ouais, c'est plus c'que c'était le patelin. Quand chuis arrivé, ça bougeait bien, les bars étaient pleins, il y avait des filles et des Pascals partout, en une heure j'pouvais me faire assez de thunes pour deux jours. Avec mon tour, mec, les claques, la pression et le saut per made in Las Vegas ! Les touristes allongeaient, les bistrots rinçaient, bref la belle vie ! Aujourd'hui, les bourges ont débarqué. Je fais ma ronde en dix minutes et c'est marre. Les peep-shows et les hôtels ferment mec, les restos me laissent plus faire mon tour, à moi, Aldo-la-classe, de Las Vegas ! Et j'te dis pas le coup de barre pour boire une mousse ! Tiens, même les pickpockets ont changé, avant y tiraient les larfeuilles pour avoir les papiers, pas l'argent. Et Caruso, un type qui braille de l'opéra dans les rues la nuit... Imagine-toi qu'il y a des gugusses qui gueulent parce qu'ils veulent dormir ! C'est en train d'agoniser, j'te dis, ce putain de quartier passera pas l'an 2000 et on est qu'en 98.

Tiens, faut que j'te raconte, quand j'ai débarqué à Paris. En fait, je m'appelle pas Aldo et je viens pas de Las Vegas. Enfin, attention, j'y suis allé, hein ! Mais mon blaze c'est Maurice, et tout le monde m'appelle Momo. Je suis bourguignon. Bourguignon de Bourgogne, tu vois le tableau ? Les ducs, la chasse, les châteaux... et le pinard ! Tu m'étonnes, le pinard. Mon père était garagiste et il est mort d'une cirrhose du foie ou d'un problème de cœur ou des deux, va savoir. Résultat, en avril 68, on est venu s'installer à Paris. Ma mère a vendu le garage et zou on est tous partis à la capitale, au revoir msieur'dames ! Tu vois le délire ? On connaissait personne et j'me suis retrouvé parachuté au troisième trimestre dans une autre école, pleine de têtes inconnues. Avec que des têtes inconnues ! Quel bordel. C'est là que tout a commencé à déconner, et moi le premier. Putain, ça me donne soif rien que d'y repenser. Un dernier pour la route ?

Merci, t'es sympa toi. Tu vois, c'est con, mais je dis toujours : une petite côte, y'a rien de mieux pour remonter la pente. Elle est pas moi, elle est de Fred Chalmer, un vieux pote. Un sacré peintre, tu peux me croire. Il se payait à boire avec ses petits dessins et ses blagues de comptoir. Moi, il a fallu que je pique du fric dans le bureau de la maîtresse. Y'avait une grosse enveloppe, avec l'argent pour un voyage ou quelque chose comme ça. J'ai tout piqué. Et comme je me suis fait piquer après, j'ai chié dans son tiroir pour me venger. Deuxième connerie. Là, je me suis fait virer. À croire que j'y ai pris goût, qu'c'est devenu mon truc, parc'que plus tard, je me suis fait virer du collège, virer du lycée, virer de l'armée, virer de mon boulot, virer par ma bonne femme, j'en passe et des meilleurs. Mais tu veux que j'te dise ? J'en ai rien à foutre, je suis libre, mec. Des comptes à rendre à personne, pas de patron ni de gonzesse pour me dire ce que j'dois faire, je peux m'enfiler un Boilermaker au pti'dej si j'ai la gueule de bois, comme mon copain Bukowski, alias Hank, Buk, Chinaski, *le* grand Charles ! Tu connais, non ? Forcément, un type qui se barre du plateau d'Apostrophes ivre mort après s'être enfilé trois bouteilles de Sancerre au goulot, tout le monde s'en souvient. Du jour au lendemain, c'est devenu une star en ces années punk, en 1978. Tu sais ce qu'y raconte à propos d'la gnôle ? S'il se passe un truc moche, on boit pour essayer d'oublier, s'il se passe un truc chouette, on boit pour le fêter, et s'il ne se passe rien, on boit pour qu'il se passe quelque chose. Tout est dit, pas vrai ? Ce type a quelque chose que les autres écrivaillons n'ont pas, c'est l'honnêteté. Sa vie peut bien s'résumer à une chambre d'hôtel minable, un boulot de merde, des paris sur les courses de chevaux et la recherche d'un bar de quartier où picoler peinard, ça reste un génie, mon gars.

À propos de punk, tu sais qu'en 78, j'étais à Londres ? On peut pas mieux faire, pas vrai ? En plein délire keupon, tu vois le genre. Les iroquoises, les épingles à nourrices, les tee-shirts déchirés, toute la panoplie. J'ai vu débuter Police en première partie de Steel Pulse. J'étais au concert *Rock against racism* au Victoria Park, mais j'étais tellement bourré que je me souviens plus de rien ! J'allais tous les soirs au Speakeasy voir jouer un « super groupe » comme on disait encore à l'époque : Steve Jones et Johnny Thunders à la guitare, un petit Français à la basse et Paul je-sais-plus-comment à la batterie. Super groupe, mes couilles, oui, si tu me permets l'expression. Chacun jouait dans son coin, complètement défoncé, pas accordé, se foutant de tout. Mais les gens adoraient ça. Nous les premiers. Quelle bande de nazes. Ah putain, faut que j'te parle de mes potes. T'as un peu de temps ? On s'en jette un autre ?

Moi, j'étais copain avec Ben, que j'avais rencontré à cette foute école. Et Ben, il était copain avec Jissé et Nico. Donc mes potes, c'était Ben, Jissé et Nico, tu me suis ? On était quatre, et on était partis une semaine à Londres tous les quatre, OK ? Ah merde, quel con, on n'était pas quatre mais cinq ! Il y avait une fille avec nous, Laurence. Ben et Jissé étaient amoureux d'elle. C'est moi qui l'avais présentée à Ben, j'étais dans sa classe au collège avec elle. Tous les mecs en étaient raides dingues. Elle exerçait une sorte de pouvoir d'attraction, un truc magique. Tous les jours, ces deux idiots allaient l'attendre à la sortie des cours. Ils l'approchaient pas, lui parlaient même pas, y faisaient que la dévorer des yeux et la regarder partir sur son Honda Amigo bleu et blanc. Tu vois le genre ? Style amoureux transi. Je crois même qu'ils ont essayé d'écrire un bouquin sur elle. Parc'que, ouais, ils se la jouaient premiers de la classe, intellos et compagnie. Moi j'étais le pécore de la bande, le lourdingue, le mec beau mais con comme m'a dit yeux dans les yeux une salope dans une soirée, excuse l'injure mais j'l'ai toujours pas digéré. Bref, on était à Londres et tout le monde s'éclatait, même si les punks c'est pas trop ma came, si tu vois c'que j'veux dire. Les autres se foutaient toujours d'ma gueule parce que moi, c'était plutôt Crosby, Still, Nash & Young, Led Zep et Genesis qui me faisaient triper, et ces enfoirés qui m'traitaient de babos moi qui peux pas les blairer. Les glandes, j'te jure. Bon, et puis un soir, après le concert du super groupe de mes deux, v'là-t'y pas qu'on se retrouve Ben, Jissé et moi dans la piaule de Laurence pour un truc à quatre. Un genre de touze, tu vois, un machin qui s'refuse pas à dix-huit berges. Avec Jissé et Laurence, ça colle impec, j'te passe les détails, mais le pauvre Ben, il arrive pas à bander, il tire la tronche, il m'fait de la peine. Nous, forcément on s'fout de lui, c'est le jeu, et il finit par se tirer, furieux. Pauv'vieux. J'l'aimais bien Ben, un mec marrant tout maigrichon avec des cannes de serin qu'on avait envie de suivre et de protéger, qui semblait toujours hanté par quelque chose. Pour tout te dire, sa sœur aussi me branchait bien. Mais ça, c'est une autre histoire…

Eh, tu la connais celle-là ? Quand un verre est vide, je le plains. Quand un verre est plein, je le vide. T'as compris le message, merci. Ça doit être mon jour de chance de t'avoir rencontré. Tiens, tu sais c'que c'est deux pastèques dans un champ de maïs ? Les couilles du Géant Vert, mon gars. Eh ouais, l'humour toujours, c'est ça la classe. J'suis pas fini, tu peux me croire. N'empêche, c'est sympa de te causer. Peut-être qu'on va devenir potes, toi et moi.

Walk on the wild side

Jissé

Saint-Maur-des-Fossés, le 2 avril 2008

Chère Audrey,

Cela m'a fait très plaisir de recevoir ta lettre. À l'heure des mails et des SMS, c'est devenu une denrée rare. Inutile de te dire, je pense, combien elle m'a étonné, ému, fait sourire et me souvenir. Aussi, vais-je y répondre point par point et en toute sincérité, je te dois bien ça. Je vous dois bien ça.

Dire que nous nous sommes rencontrés à l'école communale de la rue de Paris en 1969, dans la classe de huitième de madame Rousseau — mes enfants se fichent de moi quand j'emploie cette appellation qui avait encore cours à l'époque. C'était il y a longtemps maintenant. Nos parents n'avaient pas quarante ans, nous en avons dix de plus aujourd'hui, le temps est une mystification. Quel rapport entre le temps réel et le temps intime, le temps de l'action et le temps du souvenir ? Une de mes formatrices m'a dit un jour : « Ce que l'on fait de notre temps, c'est ce que l'on fait de notre vie ». Aussi évidente que soit cette maxime, elle m'avait échappé et il me semble avoir oublié d'en tenir compte pour guider ma conduite et parvenir à donner à chaque instant de ma vie un poids existentiel propre. Ta lettre est arrivée à point nommé pour remettre les pendules à l'heure et je t'en remercie.

Autre chose : nul mot plus trompeur que le verbe « connaître » lorsqu'il se rapporte aux êtres humains, aux autres, cette grande affaire de nos vies. Les gens familiers pullulent dans notre quotidien, et pourtant le plus transparent d'entre eux peut nous stupéfier tant nous sommes mal équipés pour nous représenter le fonctionnement intérieur d'autrui et ses mobiles cachés. Le fait est que comprendre les autres n'est pas la règle dans la vie, tu es d'accord avec moi, n'est-ce pas ?

Mais entrons dans le vif du sujet. Je n'ai plus de nouvelles de Laurence depuis qu'elle est retournée vivre en Espagne près de son père, c'était en 1992 ou 93. Depuis notre séparation, on ne se voyait plus. Un jour, comme toi, elle m'a envoyé une longue lettre, accompagnée d'une photo d'elle — où j'ai trouvé que la peau de son visage avait gonflé et s'était distendue, ses yeux ressemblant à deux miroirs brisés, plus rien à voir avec la beauté androgyne et sans défaut qui nous avait tant fascinés. Notre périple à Londres remonte à trente ans et, comme toi également, elle y a fait longuement allusion dans sa lettre. Nous avons tous une vision fragmentée de ce qui s'est passé pendant ces quelques jours et, derrière les apparences, de ce qui s'est joué. Avec le recul, c'est facile d'y donner un sens, mais encore faut-il prendre le temps de rassembler toutes les pièces du puzzle.

En souvenir de notre amitié musicale, on pourrait oser une métaphore rock'n'roll : comme Thunders a apporté la poudre à Londres et fait exploser le mouvement punk, ce soir-là, Laurence a fait entrer l'héro dans ma vie et dynamité la bande des quatre, comme disait la mère de Momo en nous voyant arriver depuis la fenêtre de sa cuisine, rue Albert Laurenson. Néanmoins, ce n'est qu'une des facettes de l'histoire. La réalité peut prendre bien des apparences. On pourrait tout aussi bien dire que Nico a découvert sa bisexualité, que Momo a découvert le fossé qui le séparait de nous et qu'il ne franchirait jamais. Quant à toi…

Je me souviens de ce qui nous liait alors : l'un comme l'autre, nous considérions la musique comme une affaire sérieuse et nous étions convaincus que trouver le bon disque pour chaque circonstance de la vie était l'un des trois piliers de la sagesse. À côté de ça, nous avions le sentiment de nous regarder vivre de l'extérieur ; notre combat était le même, rattraper ce décalage entre nous et la réalité qui nous éloignait de la vie et des autres, et même de nos propres sensations — nous parlions de transcendance, de révélation, de dépassement de soi, de sublimer le réel par l'art, l'amour ou les drogues. Mais c'était toi qui avais le plus de recul sur les choses. Tu théorisais plus que nous tous. Il fallait que tu saisisses d'abord par la pensée, que tu prennes la mesure d'une situation, que tu tires des conclusions, avant d'agir. Tu gardais toujours le contrôle. Ta folie demeurait à l'intérieur. Pas comme moi.

Ce que tu sais : après le concert de Thunders au Speakeasy, Laurence nous a convoqués pour faire ça à plusieurs. Momo s'est incrusté, on s'est bien amusés, mais toi tu es restée à l'extérieur, tu n'arrivais pas à te mélanger et, après avoir boudé dans ton coin, tu as préféré partir.

Ce que tu ne sais pas : au départ, Laurence voulait qu'on soit juste tous les trois, elle avait organisé ça pour toi. On sortait déjà ensemble depuis quelques jours et elle se sentait mal à l'aise vis-à-vis de toi, elle aimait notre trio et elle pensait qu'un peu de sexe nous ferait du bien, rééquilibrerait les choses en un sens. Le plaisir qu'elle en retirerait ne comptait pas, l'amour physique ne l'intéressait pas plus que ça. Après le départ de Momo, elle m'a demandé d'aller te chercher. Je sais parfaitement comment le faire jouir, disait-elle. Je voulais rester seul avec elle, mais je me suis exécuté et je suis parti voir dans ta chambre. Comme tu n'y étais pas, j'ai écouté aux autres portes et j'ai entrouvert celle de Nico. Je vous ai vus ensemble, tous les deux. En rentrant, j'ai raconté à Laurence que tu dormais. Elle a insisté, va le réveiller. Je n'avais pas envie, alors je lui ai demandé de me faire un fix. Elle a refusé, mais j'ai persisté. Tu es sûr, disait-elle, et devant mon obstination, ses yeux noirs se sont mis à briller d'un éclat particulier, encore plus ardent et magnétique que d'habitude. Elle a sorti son matériel de sa valise, cuillers pliées, citron, coton, sachet rempli d'une poudre d'un brun rosâtre, elle a couvert la lampe de chevet avec son chèche et allumé deux bougies. Pendant qu'elle préparait le mélange au-dessus de la flamme, elle m'a demandé d'aller me laver les pieds, soigneusement, et de ne pas remettre de chaussettes après. Quand je suis revenu dans la chambre, foulant l'épaisse moquette du bed & breakfast, deux petites seringues hypodermiques se trouvaient posées côte à côte sur la table de nuit et Laurence m'attendait alanguie sur le lit, les pieds nus elle aussi. Ses ongles vernis d'un rouge carmin rendaient sa peau par contraste encore plus diaphane, ses fines veines apparaissant comme autant de ruisseaux bleus palpitants de vie. Viens, je vais te masser les pieds, a-t-elle dit en versant au creux de sa main une solution huileuse qui sentait le patchouli — chez tous les junkies, le shoot est un rituel qui passe avant toute chose, mais chez Laurence, il prenait en plus la dimension d'une cérémonie initiatique accompagnée de tout un tas de raffinements plus ou moins érotiques.

Son massage terminé, elle a levé la seringue à la hauteur de ses yeux et pressé le piston. Puis elle a inséré doucement l'aiguille dans une veine du réseau dorsal, à un angle presque horizontal, elle a remonté légèrement le piston et rempli la seringue d'un peu de sang. Ses gestes étaient aussi précis que délicats, je ne ressentais aucune douleur ni appréhension, alors que piquer dans le pied peut être très douloureux. Elle a levé la tête et m'a regardé à travers sa frange, un regard pénétrant et provocant à la Laurence, juste avant de repousser lentement le piston et de m'envoyer dans les bras de ma nouvelle maîtresse — l'héroïne.

Voilà tout ce qui s'est passé ce fameux soir d'avril soixante-dix-huit, *the whole picture*. Les choses auraient pu tourner autrement. Cela n'efface pas ce que tu as ressenti alors, ni le fait que nous ayons été cruels avec toi, moi le premier. J'en suis désolé. Je comprends mieux maintenant.

La suite de l'histoire, tu la connais. À notre retour de Londres, Laurence est venue s'installer dans ma chambre de bonne, j'ai quitté le lycée avant la fin des cours, raté mon bac, désespéré mes parents et coupé petit à petit les ponts avec toi et le reste de la bande. Aucun élément extérieur ne parvenait plus à réellement m'intéresser, hormis cette terrifiante monomanie, devenue une obsession neurologique et émotionnelle pour l'héroïne. Quand j'ai réussi à décrocher, quatre ans plus tard, c'est parce que je refusais de me laisser sacrifier plus longtemps sur l'autel de la drogue, fusse par amour, et que j'avais cessé de considérer l'autodestruction comme une vocation romantique. Sans compter que cela ne me procurait plus aucun plaisir, mais que je continuais néanmoins à en prendre pour éviter les souffrances du sevrage.

À ma connaissance, Laurence, elle, n'a jamais arrêté. Par souci de discrétion, elle se piquait uniquement sur les pieds et gérait sa consommation sans excès, en fonction de son approvisionnement, de façon à ne jamais se retrouver acculée. Je crois qu'elle faisait partie de ces personnes qui consomment de l'héroïne et n'en deviennent pas vraiment dépendantes. Elles n'en prennent qu'à l'occasion, comme en fin de semaine, sans en augmenter la dose. Pendant tout ce temps passé à ses côtés, je n'ai jamais observé chez elle les stigmates de la junkie, les démangeaisons, les reniflements et les symptômes du manque — à peine son humeur devenait-elle étrange et légèrement hystérique quand la crise approchait. Autour d'elle, pas mal de gens mourraient — Roland Fagioli, overdose ; Luc Clamouze, overdose ; Arnaud Drouard, accident de voiture ; Marc Guyon, internement psychiatrique —, sans que cela semble l'affecter outre mesure. Il fallait bien que ça arrive, il faisait n'importe quoi, disait-elle avec son attitude je-m'en-foutiste parfaite.

Cette sentence cruelle aurait-elle pu s'appliquer à Momo ? L'annonce de son décès m'a secoué. Pour être franc, le sentiment de culpabilité que j'ai ressenti alors ne s'est pas dissipé depuis et il n'est pas près de s'apaiser. J'étais le seul à avoir gardé contact avec lui et malgré cela, je l'ai laissé mourir seul à l'hôpital de Brest sans jamais lui avoir rendu visite. Je savais que vous étiez fâchés après sa séparation d'avec ta sœur, dont il ne s'est jamais remis, et que Nico ne supportait pas son alcoolisme qui lui rappelait celui de son père. Son addiction réveillait également en moi de vieux démons. Mais cela ne me disculpe en rien. Je pensais qu'on aurait encore du temps pour se voir, que ce n'était qu'une galère de plus dans laquelle il s'était fourré. Après ses délires d'Aldo-la-classe, il s'était retrouvé à l'hôpital avec deux vertèbres cassées. Puis il avait enchaîné avec une cure de désintoxication et un séjour en HP, où on avait diagnostiqué son trouble bipolaire. Après ça, assommé par le lithium et les antipsychotiques, il s'était calmé et avait trouvé refuge dans un centre d'hébergement et de réinsertion sociale d'Emmaüs, à Courthezon dans le Vaucluse, où il travaillait. Il s'était découvert une nouvelle famille et prenait du plaisir à aider les autres, il avait une telle générosité que ça n'avait rien d'étonnant. Mais ça n'a pas duré. L'alcool est revenu, il a interrompu son traitement, puis il s'est battu avec d'autres pensionnaires et son contrat de séjour a été annulé. Se faire virer d'Emmaüs, faut le faire, non ? rigolait-il. Ensuite, il s'est installé à Brest, à la fin ou au commencement de la terre comme disent les Bretons. Ça lui allait bien. Il s'est mis à peindre, à prendre des photos. Il a fréquenté Miossec, qu'il adorait, il a exposé dans quelques bars, mais il vivait surtout d'aides et d'allocations, c'était devenu un champion en la matière. Qu'est-ce que tu crois, c'est un boulot à plein de temps de remplir toute leur foutue paperasse ! Mais c'est toujours mieux que d'faire la manche, disait-il. Il parlait souvent de toi et me demandait invariablement de tes nouvelles — je n'en avais pas. Et puis un jour, il m'a appelé pour m'annoncer qu'il avait un cancer de la langue. Le cancer des pauvres et des SDF, m'a-t-il dit. On lui a enlevé une partie de la langue et de la mâchoire. Pendant un moment, malgré des douleurs atroces, il s'est cru tiré d'affaire et on s'est revus à Paris, où il était venu pour renouer avec sa mère — elle aussi avait coupé les ponts avec lui, car affronter la débâcle était au-dessus de ses forces. À peine sorti de l'hôpital, il s'était remis à fumer ! J'ai relu la lettre qu'il m'a envoyée après notre rendez-vous. Elle était optimiste, remplie de poésie et de souffrance. Il y écrivait qu'il était toujours vivant, plus que jamais ; il disait que c'est épuisant, cette maladie maniaco-dépressive qui te ronge l'esprit et le sommeil ; il parlait de ses rencontres, anciens taulards, tatoués sociaux, fracassés sentimentaux, Robin des bois du bitume ; il concluait que me revoir l'avait rendu heureux, serein, prêt à bouffer de nouveau la vie avec son regard d'enfant. La dernière fois qu'on s'est parlé, il venait d'être hospitalisé pour son cancer du poumon, qu'il prenait une fois de plus à la rigolade. J'ai de la flotte dans les poumons, t'imagines ça ? Je m'de-mande bien d'où elle vient, vu que j'en bois jamais !

Il est parti en quelques mois et je n'ai pas assisté à son enterrement — mes justifications sont pitoyables, une réunion importante au labo, ma fille à aller chercher à son cours d'équitation, que sais-je encore. J'aimerais être comme toi et pouvoir me pardonner. Mais tu as raison sur un point : on n'a pas à s'excuser d'être encore là, rien n'a été facile pour aucun d'entre nous. Chacun a porté sa croix.

Si je te voyais aujourd'hui, je ne sais pas si je te verrais toujours comme un garçon. Tu te présentes désormais comme une femme transgenre, mais tu prétends que tu restes la même personne qu'auparavant, avec ses qualités et ses défauts. Que tu as *juste* changé de genre. Je me souviens que tu t'étais habillée en fille au collège, pour le dernier jour de l'année. Tu avais été très vexée qu'on se fiche de toi et qu'on te dise que tu n'avais rien de féminin. J'imagine que je réviserais mon jugement, maintenant. Quoi qu'il en soit, je te remercie de m'avoir éclairé sur les raisons qui t'ont conduite à désirer cette transition, et fait comprendre qu'au fond il n'y a rien à expliquer, aucun coupable à chercher dans le domaine de la psychanalyse ou de la génétique, parce qu'il n'y a rien de pathologique dans la transidentité. Il s'agit seulement d'un changement d'état, comme celui qu'opère la molécule d'eau en passant de l'état de neige à celui de pluie. Quelle que soit la forme qu'elle prend, c'est toujours de l'eau. Là où je ne te suis pas, c'est lorsque tu évoques le rôle qu'a joué notre amitié amoureuse dans ton parcours, dans le sens où cela t'a permis de prendre conscience que tu ne rentrais pas dans les cases habituelles de genre et d'orientation sexuelle. À cause de cette ambiguïté dans nos rapports, je me rends compte que je t'ai souvent blessée à l'époque et je le regrette. Pour moi, ce n'était qu'un jeu. On ne s'aimait pas, il n'a jamais été question de ça entre nous. J'espère que tu ne m'en veux pas de te le dire, car je n'ai pas eu d'autre ami comme toi. J'avoue même jalouser un peu la complicité que tu as conservée avec Nico, au point qu'il t'accompagne en Thaïlande pour ton opération de réassignation sexuelle. Quelle aventure après toutes ces années !

Tu dois trouver ma vie bien fade, en comparaison. En un sens, elle l'est. Je suis à peine plus rock que mon père ne l'était à l'époque — à ceci près que

Berlin de Lou Reed reste mon disque de chevet et qu'à l'approche de la cinquantaine, je me suis remis à gratouiller et offert une Stratocaster bleue et blanche pour gaucher, que j'ai achetée à Pigalle, rue de Douai, où on traînait souvent. Pour le reste, on dit que je lui ressemble de plus en plus, et pas uniquement physiquement. C'est vrai, mon existence est bien réglée : je n'ai jamais changé d'entreprise, je passe l'essentiel de mes loisirs avec ma famille, je fais du sport et je suis en forme comme jamais depuis que j'ai été guéri de l'hépatite C grâce à de nouveaux traitements antiviraux. Vieillir, on s'en fait tout un monde quand on est jeune, mais ce n'est pas si dur. Quand j'ai quitté Laurence et que j'ai décroché, j'étais au bord du gouffre. Je n'avais plus d'amis, plus de famille, pas d'argent ni de travail. J'ai passé un petit diplôme d'informatique, je suis entré aux Laboratoires Zvirk où j'ai trouvé ma place et je me suis construit peu à peu une vie à l'opposé exact de celle d'avant ; une vie calme et respectable, loin du chaos émotionnel et des crises de manque, parfaitement conforme à ce qu'on attendait de moi avant que je parte en vrille à notre retour de Londres. Pas un jour je ne l'ai regretté. Comme toi lorsque tu as décidé d'entamer ta transition, il me fallait provoquer une solution de continuité — c'était ça ou mourir.

Je ne sais pas si mes réponses t'aideront à y voir plus clair et à avancer. Mais je te fais confiance, tu as déjà parcouru tellement de chemin et tu es attirée par la lumière, maintenant. Moi en tout cas, cela m'a permis de renouer avec des événements que j'avais volontairement enterrés au milieu des ombres. C'est drôle, nous arpentons les couloirs du temps en sens contraire, toi pour oublier les chimères du passé, moi pour affronter ses fantômes. À un moment, peut-être allons-nous nous croiser ?

En attendant, sois heureuse, ma chère Audrey. Je t'embrasse affectueusement.

Jissé.

Gypsy eyes

Laurence

Un soir d'insomnie, j'ai commencé à dresser la liste de mes amants. Ceux d'une nuit, ceux qui ont compté, les très beaux, les camés et les autres. Pourquoi aucun n'est resté ? L'orage grondait au-dessus des montagnes du Cap de Creus et la pluie crépitait sur le carrelage de la terrasse. Des torrents d'eau dévalaient les ruelles escarpées de Cadaquès et finissaient leur course dans la mer. Ben, l'un des rares garçons que j'ai fréquenté sans jamais coucher avec lui (bizarrement, son visage ne s'est pas effacé comme celui des autres), m'a dit un jour que s'approcher de moi, c'était comme s'exposer à quelque chose qui pique, qui brûle, que j'étais intrusive avec ma façon de lire dans les gens et que j'en faisais peur. J'ai intégré depuis longtemps qu'il ne servait à rien de vouloir que nos relations soient différentes de ce qu'elles sont, qu'il fallait prendre ce que l'autre nous donne, respecter sa liberté et ne pas poser de question. Mais tout le monde ne pense pas comme moi. Bien que je ne me sois jamais embarrassée de scrupules pour l'accepter, pour en accepter les effets sur autrui, pour en jouir avec ostentation, pour en tirer parti, ma beauté m'a joué des tours. Pas du fait qu'elle occultait d'autres qualités que je pouvais avoir, ni qu'on m'envie ou qu'on me hait à cause d'elle, mais parce qu'elle rendait les hommes qui m'approchaient stupides, vulnérables, possessifs, violents ou les quatre à la fois, et qu'ils finissaient invariablement par se shooter avec moi dans l'espoir de percer le secret de mon âme et de me garder près d'eux.

Je suis venue m'installer ici pour échapper à ma beauté et on peut dire que c'est réussi. Le cocktail soleil-mer-ménopause-méthadone a donné de bons résultats. Ma peau autrefois laiteuse a viré au bronzage pain d'épices, elle s'est épaissie par endroits, amincie à d'autres, et elle s'est couverte de taches pigmentaires de couleur plus ou moins foncée (j'ai appris qu'on appelait ça des « fleurs de cimetière », charmant). Les variations hormonales associées aux tartines à l'huile d'olive ingurgitées dès le matin ont favorisé l'accumulation insidieuse de graisse à des endroits stratégiques. Je ne me teins plus les cheveux et je les ai coupés court, ce qui au naturel me donne l'allure d'une de ces sexagénaires sportives qu'on croise sur les sentiers de montagne avec leurs bâtons de marche, ou aussi bien d'une vieille gouine. Pour compléter le tableau : l'hypersudation provoquée par la prise régulière de méthadone et parfois quelques bouffées de chaleur. Si jamais l'envie m'en prenait, il me reste mes yeux et mon crayon *khôl* pour séduire.

J'habite dans la maison que j'ai héritée de mon père, carrer Palau. Elle n'est pas très grande ni très claire, mais ma chambre bleue et blanche donne sur la terrasse qui surplombe le paysage à couper le souffle formé par les toits en tuiles romaines dépareillées et la baie de Cadaquès en toile de fond. Je partage les lieux avec un serveur homosexuel, à qui je loue une chambre. Il m'offre des fleurs et m'apporte le petit-déjeuner au lit. Un jour, je ne sais pas pourquoi et lui non plus, il m'a fait l'amour. Ça ne l'a guère passionné. C'était ma dernière baise, mais peu importe. Il y a la mer, le port et l'église. La présence régulière de la tramontane, la salure de la mer. Et passé le cimetière, les branches tordues des chênes-lièges et les aiguilles piquantes des genévriers dans les caillasses, sous un ciel parfait. Je ne recherche plus la compagnie des hommes, je suis délivrée, je me repose. Je me contente de regarder le bleu du ciel ou celui de la mer, les maisons blanches, mon chat allongé sur mes genoux qui fait des rêves d'hirondelle de rocher.

Je travaille le matin au bar El Galéon, sur la place du Paseo, en face de la plage, à cinq minutes de marche de la maison. Le boulot n'est pas compliqué : ouvrir à la femme de ménage, remplir les frigos, vider la caisse de la veille que la patronne, une Française friquée, dépose ensuite à la banque, préparer des croutons de pain à la tomate pour l'apéritif du midi, servir les quelques clients qui passent. Le Galéon est une institution. En plus d'une clientèle locale d'habitués et d'un esprit rock revendiqué, les deux principales attractions sont le distributeur automatique de cigarettes et les toilettes, accessibles à tous, même à ceux qui ne consomment pas.

Un soir de fête de la Saint-Jean comme aujourd'hui, où le village accueille le double de sa population (deux mille âmes hors saison) et où la *caña coule à flot*, c'est appréciable. Je le constate en observant le ballet ininterrompu des pisseuses devant les sanitaires, depuis la banquette où je suis assise près de la porte d'entrée grande ouverte. La black là, un peu androgyne, très certainement défoncée, est déjà passée trois fois. Ce n'est pas le record. Celui-ci est détenu par Miss-je-suis-perchée, qui connait *Caaadaaaqués* depuis trente-cinq ans et qui trouve que c'était vachement mieux avant. Son mec, qui s'est présenté sous le nom de Pedro, m'a proposé de la coke après cinq minutes de conversation. Miss-je-suis-per-chée m'entretient du bon vieux temps : quelques cafés, deux trois restaurants, des allées en gravier, des ruelles aux pavés inégaux foulées par des artistes et des gens du cru, et pour la Saint-Jean, au lieu de cette bouillie sonore dispensée par un médiocre DJ, de la sardane et des groupes de rock californien qui jouaient live. Il se trouve qu'elle a raison. Aujourd'hui, le sol de la rue de la Soif est paré d'un revêtement en ardoise du plus mauvais goût, et au milieu du claquement des pétards, des rabatteurs de restaurants bas de gamme haranguent les chalands sur le Paseo comme sur le port de Saint-Tropez. Il est très loin le temps où, dans les années vingt du siècle dernier, Dalí invitait des figures du surréalisme, Éluard, Magritte, Duchamp ou Buñuel. Pour autant, je n'ai aucune envie de me lamenter avec Miss-je-suis-perchée, alors je tourne ostensiblement la tête et j'en reviens à l'effervescence qui règne autour des toilettes, avec toutes ces filles moites, toutes plus belles les unes que les autres, se tortillant devant la porte rouge en poussant des cris chaque fois qu'elle s'ouvre. Derrière elles, il y a quatre métalleux, cheveux longs, casquettes et tee-shirts Bultaco, qui ricanent en se poussant du coude comme des gamins. Au bout de la file qui s'étend jusqu'à la terrasse dans un joyeux boucan, une rousse décolorée et longiligne que j'ai déjà croisée dans le village attire mon attention. La première fois que je l'ai vue, elle portait un tee-shirt imprimé *Foxy lady* à l'effigie de Jimi, mon idole absolue ; la deuxième fois, John Lennon et sa chanson *Working class hero* s'affichaient sur sa poitrine menue. Elle arbore ce soir un tee-shirt bleu floqué d'un lettrage rose : *Good girls go to heaven, bad girls go to London*. On dirait que ces messages s'adressent à moi, comme un jeu de piste retraçant mot à mot des étapes importantes de mon itinéraire personnel. Nos regards se croisent, je lui souris. Elle me répond par un hochement de tête. Le temps qu'arrive son tour, je l'examine des pieds à la tête. Je lui donne entre quarante et cinquante ans. Ses bras sont plus forts que les miens, et les traits de son visage énergiques. On dirait qu'elle a le nez refait, et un demi-sourire où l'on sent autant de force que de fragilité flotte en permanence sur ses lèvres. J'ai du mal à la cerner, quelque chose m'intrigue. Quand la fille avance et qu'elle parvient à ma hauteur, je plante mon regard dans le sien et m'y attarde sans scrupule, une technique éprouvée pour faire perdre leur moyen à mes interlocuteurs. Aucun effet sur elle, si ce n'est que son sourire se fait plus caressant, outrageusement féminin. Je ne la quitte pas des yeux jusqu'à ce qu'elle disparaisse derrière la porte rouge. Quand elle ressort quelques minutes plus tard, je l'interpelle à la mode catalane :

— *Holà, cariño,* estàs bevent alguna cosa ?

Elle éclate de rire et répond en français :

— *Cariño, ce n'est pas pour les garçons ?*

— Non, pas ici. *Cariño fait les deux.*

— Ah, ça j'aime bien. Je peux m'asseoir alors ?

— Bien sûr.

— Merci, je m'appelle Audrey, dit-elle en tendant cérémonieusement la main.

Ses yeux. Ses yeux qui n'ont pas changé.

Table

Pirate love	9
Sorrow tears and blood	29
Carry on	63
Walk on the wild side	73
Gypsy eyes	85

Remerciements

Merci à Philippe Nicolas pour ses partages de souvenirs du Nigeria, à Nathalie Le Faou pour l'illustration de couverture et à tous les critiques de rock qui m'ont fait rêver (la liste est trop longue pour tous les citer).

Les titres des nouvelles sont empruntés à des chansons : *Pirate love* (Johnny Thunders), *Sorrow tears and blood* (Kuti Fela Anikulapo), *Carry on* (Stephen Stills), *Walk on the wild side* (Lou Reed), *Gypsy Eyes* (Jimi Hendrix).

Ce livre est dédié à la mémoire de Dominique Tripier, mon frère de sang.